竹宮ゆゆこ

插畫◎ヤス

1

全都是你的錯——沒有抑揚頓挫，然而低沉的聲音的確充滿不爽的情緒，響徹夜間急診室安靜的走廊。

「都是你的錯！全部……都是你惹出來的禍！」

逢坂大河的嘴裡不斷反覆這些話，一個人坐在沙發的最右側，又忍不住碎碎唸了一句。

同一張沙發的左邊，高須竜兒坐在距離越遠越好的最左邊，只是惡狠狠吊著眼，露出銳利的視線瞪著自己的指尖。他早有覺悟，不論自己說什麼都是白費力氣——再說他也沒力氣再去爭辯，現在也不是做這種事的時候。

窗外一輛救護車呼嘯而過，警笛聲讓竜兒嚇得縮成一團。警笛的巨大聲響像被勒住脖子般嘎然停住，只剩下紅色的眩目燈光不斷迴轉，將竜兒與大河的身影照在地板的油地氈上。看來大學醫院附設的急救中心，即使是在平日夜晚仍舊盛況空前。

「……現在幾點了？」

後面補上一句「我忘了戴錶」——在黑暗中仍看得出大河蒼白的臉。雖然正對著竜兒，不過硬是避開竜兒的視線。竜兒不在意地打開手機掀蓋後簡短回答：

「快十點了。」

算來搭計程車趕來也是快一個小時前的事了。心情沮喪的竜兒感到一股倦意，不知不覺小聲嘆氣。一旁的大河也跟著嘆了口氣，隨手撥動長及腰間的頭髮。看到她這模樣的竜兒：

「妳先回去好了。」

竜兒是顧慮她的疲憊才這麼說，然而——

「……還要你這隻狗來擔心我，我也真夠落魄了。總之你少管我，我要做什麼都不關你的事。你如果再多嘴的話……」

低沉的聲音猶如匍匐在地，四周瞬間成了瀰漫血腥味的叢林。身處其中的大河沉默掌控這個世界，將右手關節壓得喀喀作響。隔了一小時之後，她的視線總算轉向竜兒，眼裡盡是猛烈的怒氣與滿溢的侮蔑。

從外表上看來，竜兒的氣勢也不輸給她——黑眼珠微微發著青光，散發刀劍般危險的光芒回望大河……可是事實上，那只不過是遺傳造成的外表錯覺。

「什麼嘛……隨便妳！」

竜兒勉強小聲說出這番話。他再也受不了與猛獸共坐一張椅子的氣氛，若無其事地從沙發站起身。

高須竜兒，高中二年級。

不良少年。小混混。未來的流氓。瘋狗高須。竊盜暴力傷害殺人犯。

「哇！真是可怕！那個眼神果然不是普通人！」

——隨便你們怎麼說，我早就習慣被人誤會了。

原因在於這張臉、這副眼神，無須多說什麼的凶惡長相，只不過是單純的遺傳結果，可是一般人都不了解。

我的心願只有一個——就是平穩、安寧度過每個清潔、安全又規矩的日子，就算是日復一日的平凡日子也沒關係，這樣就好，只要這樣就好了。

然而就在今年四月，一個莫名其妙的傢伙闖入我的生活——

TIGER×DRAGON 3!

竹宮ゆゆこ　插畫◎ヤス

逢坂大河，高中二年級。
殘暴凶惡、最強&最狠。外表嬌小可愛，內心卻是隻猛虎。
人稱「掌中老虎」的少女，正是闖入我平靜生活中大肆破壞的始作俑者。
老是擺出一副主人的樣子，靠我煮的飯維生。
被父母拋棄、完全不會做家事的她在即將餓死之際，被我奇蹟似的餵食成功——一切雖非我所願，卻因為某個原因，讓我們結起複雜詭異的緣分。
大河的戀情與我的戀情，就這麼「糾結」在一起。

櫛枝実乃梨——我的單戀對象。

特異獨行的開朗活潑少女，
是不喜歡與人往來的大河唯一死黨。

北村祐作——大河的單戀對象。

聰明溫柔、脾氣又好的優等生，
也是我最要好的死黨。

沒用加上不善言語的我，
依舊無法將我的心意傳達給櫛枝。
過分神經質的大河，也未能讓北村接受她的愛。
我們兩人就處在進退不得的單戀中，
直到五月某一天，一顆不得了的炸彈落下——

川嶋亞美
現役高中生模特兒，不但是北村的青梅竹馬，
媽媽還是個名演員。是一名在學期中才轉入本班的轉學生。
「又可愛又溫柔，簡直就是天使！」
「亞美真是天生少根筋啊～～！」
「有點脫線的地方正是可愛之處！」
「不但長得漂亮，個性也是好到不行！」
「討厭討厭，才沒有那回事！大家都太抬舉我了啦～～！」
……這是她自己說的。
——人人稱讚的亞美，真正的本性卻是既扭曲又黑心，
壞心又惡劣、自以為是，可是這些又有誰知道呢？
說得明白些，亞美的雙重人格真是超級可怕——
她是臉上牢牢戴著鐵面具的做作面具女。

而且她與老早看穿一切的大河極為水火不容。
兩個人只要一靠近，就是絮絮叨叨、充滿火藥味的針鋒相對，有時還會握拳相向……這場每日都要來一次的對決有日漸擴張的趨勢。

而且不曉得是什麼誤會——
「高、須、同、學♥」——她以有如貓撒嬌的聲音黏著我，八成是以為這樣能夠惹惱大河吧！
每次都靠在我身邊，以甜美的聲音誘惑我……
喂！這會不會太過分了？
妳看！大家都誤會了！不要把我壓倒——

不會吧？

TIGER×DRAGON 3!
竹宮ゆゆこ
插畫◎ヤス

哎呀呀！蒙面川嶋對
高須選手使出固定技了！
掌中老虎又要如何應付？
是要阻止呢？
還是要幹掉高須選手？
還有目擊一切經過的小鸚，
牠的壓力掉毛又會多嚴重呢？
比賽將從下一頁繼續開打！

「……哼！」

大河桀傲不遜地哼了一聲，將屁股滑到一個人獨占的沙發中央。接著擺出一副王者姿態挺起沒什麼料的胸膛，冷冷地抬起下巴。

即使到了這種時候，這傢伙仍舊是肉食性動物之王——凶狠殘暴的野生老虎。

甜美有致的美麗小臉、看來不像高二生該有的嬌小身軀與纖瘦身體、以蕾絲與緞帶增加分量的連身碎花洋裝，再加上披散在背後的淡栗色柔軟長髮，大河整個外表都精緻得過分，有如洋娃娃般可愛，又如薔薇蓓蕾般清澄。可惜這朵薔薇裡隱藏足以置人於死的劇毒……不對，是隱藏了朝全方位噴灑的劇毒。

正因為她殘暴、凶猛、殘酷，因此人稱「掌中老虎」。

竜兒和這隻掌中老虎一同經歷風風雨雨，原本一直過著奇蹟似的和平生活——

「唉……」

蹲下身子，雙手揉揉眼睛。這下子真的糟糕了。

竜兒平時的生活雖說異於常人，倒也還算安穩，現在卻變得有如怒濤逼近——即使晚上趕赴醫院，也只能束手無策呆呆站立，凝視緊閉的診療室大門無計可施。只能在昏暗走廊上等待，可是醫生到現在還沒出來，診療室裡究竟在進行什麼治療？情況有多嚴重？兩人完全無從得知，只能任由時間流逝。兩人的呼吸在寂靜的空氣裡迴盪，竜兒的不安逐漸加深。

「到底怎麼了……」

連大河也忍不住輕聲低語，聲音中少了平日的霸氣。儘管心情不好，依然不肯先行回家，看樣子大河也和竜兒一樣不安吧？難道她說的「都是你的錯」只不過是口是心非，其實她認為自己也有責任？

到底是怎麼一回事？

如果真的怎樣了——不行！竜兒不願意去想，不由得閉上眼睛，搖搖頭將最糟的情景甩出腦中。就在這時候——

「高須先生，裡面請。」

診療室的門開了。竜兒聽到自己的名字，連忙抬起頭：

「醫、醫生！情況如何？」

「總之請先進來。」

竜兒快步走進診療室，一時之間因為裡面的光線而踉蹌。當眼睛好不容易取回因為眩目而失去的光彩時，眼前終於出現無力躺臥的家人。

「不……不會吧！」

一動也不動的身體完全感受不到暖意與生氣。

緊跟在後的大河也屏息不作聲，往牆壁退了一步。

醫生按著竜兒輕輕顫抖的肩膀，手指向靜靜躺著的身體：

「臉看起來很醜對吧？」

手指前方是變成紫黑色的喙子，伸出鸚鵡口中的舌頭呈現不該有的恐怖藍灰色。

——剎那間兩人都陷入沉默。

「……咦、咦咦？」

「騙人？這副德性鐵定是死了吧！」

聽到大河的話，醫生——獸醫緩緩搖頭：「牠還活著，而且身體一點問題也沒有。」

真是不敢相信！竜兒戒慎恐懼地走近高須家最重要的寵物．小鸚。小鸚仰臥在診療台上，樹枝般的腳雜亂糾結，分不清哪裡是哪個部位。嘴巴附近就像前面所說的，會讓人想打上馬賽克、睜開的眼睛翻著白眼、翅膀也因為不明原因而雜亂半開、喙子流出不明液體……還有剛剛在緊急送到醫院的途中，羽毛雖然不斷掉落，倒也還算茂密，可是現在全身上下出現圓形禿，看起來好像噁心的斑點。

「小……小鸚……？是我，你知道我是誰嗎？」

「……」

「小鸚！如果你還活著就回答我啊！回答我呀！」

「……」

外表有如殘破屍體的小鸚，仍舊只是令人害怕地躺在那裡沒有回答，讓人更加認定牠正處於死後僵直的狀態。

「醫生！牠沒有回答啊！」

「一般的鸚鵡都不太可能會回答。」

「可是我家的小鸚會回答！」

竜兒投以常人不會有的危險視線瞪著醫生，醫生連忙無言轉開眼睛，再順勢退後三大步

……這傢伙怎麼這樣！而且剛才還說別人的寵物看起來很醜？

溫和的竜兒總算反應過來——

「喂，閃邊去！」

大河推開竜兒，毫不客氣走向診療台：

「身體沒問題……？也就是說在裝病囉？」

大河俯視尚未醒來的小鸚靜靜確認。垂落的長髮遮住她的臉，也蓋住小鸚。

「大、大河……？等一下，妳想做什麼？」

「裝病。裝病是嗎……？讓我們這麼擔心，還花了兩千圓的計程車資，結果竟然是裝病？真是太好笑了！喂、竜兒，很好笑吧？」

可是臉上沒有一絲笑容。

「哼……既然想裝病的話，你就給我看看能裝到何時吧。如何啊，醜鳥？」

就在此時，竜兒看到了——

堅決不動的小鸚，似乎因為感到害怕而動了一下眼睛……大河應該也看到了。

「鳥有脊椎嗎……？」

牠似乎打算裝死到底。就在很不妙的發言餘音裡——

「啊，雖然身體沒什麼大礙，但也不能說是裝病。應該是精神方面的問題……」

「要從上面動手呢？還是從下面呢？」

獸醫企圖打圓場的話語也沒辦法讓牠醒來。竜兒焦急不已，心想「再裝的話……」眼前的小鸚似乎正在微微顫抖，喙子邊開始噗嚕噗嚕噗嚕冒出水滴……是汗！

鳥竟然會冒冷汗。

「小鸚！要睜開眼睛就趁現在！」

「竜兒少管閒事！就是因為你太寵牠，這個醜八怪才會得意忘形！就讓我好好來矯正你的劣根性吧！」

飼主拚死的聲音也擋不住大河，就在她的小手揮過空中「呼！」的瞬間——

「I can fly——！」

「啊，飛起來了。」

應該說是跳起來了。總而言之，這正是生命的神祕之處！原本瀕臨死亡的小鸚突然大吼大叫，像彈簧一樣彎著背，然後就在眼睛睜得老大的飼主面前高高跳起。可是卻因用力過猛，直接撞上天花板——

「哇——！小、小鸚——！」

小鸚墜落地面。

「慘了！」

獸醫慌慌張張的跑到變形的小鸚身邊，輕輕抱起檢查有無大礙。

「唔咕……！」

看到小鸚那張臉，獸醫再度嚇得四腳朝天。或許是注意到竜兒責備的眼神，他又迅速恢復專業獸醫的模樣，檢查小鸚的身子有沒有什麼異常。

「沒什麼問題，也沒有受傷……可是……這隻鸚鵡真是有夠醜……你在哪裡買的？這種東西真的有在賣嗎？是鸚鵡沒錯吧……？」

而且不只如此：

「可以讓我用手機拍張照嗎？我家女兒很喜歡這種東西喔……很奇怪吧？才六歲而已，就喜歡收集怪東西的照片。」

「那不會有點危險嗎？」

看到獸醫悠閒地說：「會嗎？」的神情，竜兒連忙從他手裡搶回心愛的寵物，輕輕抱在胸前。小鸚雖然很醜，懷疑牠的品種已經很誇張了，竟然說牠是怪東西？這也未免太過分了吧！可以的話，這家獸醫院絕對不來第二次！

這裡是擁有緊急救中心的大學附設醫院……的隔壁。

也是竜兒拚命翻電話簿、打電話，好不容易才找到少數有夜間急診的大型動物醫院。

「呃，總之……不是什麼不治之症，真是太好了……對吧，小鸚？」

竜兒眼中閃著「我抓到獵物啦（註：電視節目「黃金傳說」裡，固定班底濱口優的名台詞）」的光芒，輕輕撫摸小鸚的頭。他並不是要生吞牠的頭，只是在疼愛牠罷了。

「小嗯小嗯小嗯小嗯……小……小……便……」

「對、對，沒錯。」

竜兒的嘴唇湊近彷彿正在撒嬌的小鸚耳邊……總之就是頭部側面。

「真是好險！明明沒生病卻差點被大河幹掉……真是的，亂發脾氣也該有個限度！」

「你說什麼？」

原本竜兒只打算以鳥兒聽得到的音量說話，沒想到——

「妳聽到了嗎？」

「當然聽到了。你說誰在亂發脾氣啊？」

「鐺！」聽覺異於常人的大河不耐地以拳頭重擊診療台。

「哇哇哇！等……妳在幹嘛！」

就連笨拙度也異於常人……或許該說不出所料，總之在重拳衝擊下，原本一旁用來放置看診器具的盆子翻了過去，全部掉在地上。

「啊——啊——我已經消毒好的……你們兩個，再這樣下去那隻鸚鵡永遠也不會好喔？牠的樣子看來就像累積不少壓力……」

一臉疲憊的值班獸醫一邊撿拾大河弄掉的器材，一邊來回看了看竜兒與大河。

「你們兩個老是這樣大吵大鬧吧？寵物可是出乎意料的敏感，如果飼主精神狀態不穩定，寵物也會感覺到而導致身體出問題喔！」

原來如此啊！只不過在回過神來的竜兒身旁——

「我們哪有吵架？」

你說什麼？對於獸醫的意見，大河一副外國人攤手聳肩的姿態，鼻子哼一聲：

「不過是這個眼神凶惡、腦袋由下半身控制的好色笨狗，基於不可能發生的幻想亂找麻煩，所以我忍不住稍微『訂正』他一下罷了。唉！其實當作不知道也行啦，可是我這個人，實在受不了別人老是幹出蠢事，呵呵呵。」

既然被這麼說，竜兒也隱忍不住：

「什麼……？我才沒有找妳麻煩！真是！有什麼不爽也不應該遷怒弱小動物吧？」

可是，竜兒的行為正是人們所謂的「不加思索」，或許也可以說是「有勇無謀」。說明白一點，就是「話太多」。

「哎——呀，原來你一點也沒有打算將我好心的『訂正』聽進去！哦————這樣啊，既然這樣要不要把話說清楚呢？解釋一下你為什麼覺得我在遷怒小鸚啊？我對什麼事感到不爽呢？我可是完全不知道呢！方便的話，麻煩你告訴我一下吧？」

颼！逼近過來的掌中老虎眼裡，開始閃起強烈的欲望光芒。她似乎決定要用爪子將到手的獵物玩弄至死。竜兒害怕地屏起氣息，不過也只是一瞬間的事——反正橫豎都是一死，既然如此，竜兒決定繼續說下去：

「妳才是呢！有話想說就直說啊！一副心情不好又煩躁的樣子，真是有夠惡劣！」

剎那間一片寧靜。

在寂靜中，大河慢慢舉起右手擺在右耳上，刻意傾斜身體，將右耳湊近竜兒嘴邊，下巴歪了一邊，左手扠在腰際：

「你說什麼——？」

簡潔無比的一句話。

我聽不見、我聽不懂喔、再說我原本就對你說的話沒興趣……放眼全世界，有哪個傢伙能夠像她這麼厲害，只要輕輕歪著一邊臉頰，就能夠傳達出這麼多意思。

「妳……我說妳啊……」

走投無路的竜兒無力垮下肩膀。到了這種地步，大河仍舊不放過他，隨著「哼！」一聲高高抬起下巴，彷彿不把三十公分的身高差距看在眼裡般輕視竜兒，並以王者之姿開口：

「我說竜兒啊，趁這個時候我就跟你說清楚，我可沒空理會你這隻大閒狗的胡思亂想。以後要和我說話前，麻煩先慢慢數到三，好好想清楚。第一，你要說的事情對我來說重要嗎？第二，你要說的事我聽到時會開心嗎？第三，你要說的事對我來說有聽的價值嗎？聽懂了沒有？」

「懂——懂個屁啊，笨蛋！什麼胡思亂想？妳這傢伙從剛才就一直煩躁不已、心情不好找我麻煩，這些全都是事實！」

「哎呀，是這樣嗎……」

大河壓低聲音，雙眼發出異樣的光芒，嘴角高高往上似乎就要露出獠牙、瞳孔急速收縮，彷彿快要失去理智。糟了！竜兒本能地感到害怕，胃袋不禁縮了起來。如果是一般膽小的善男信女，光是看到大河瞪人的眼神，恐怕已經死了兩次吧？可是後面還有更恐怖的，就是她靜如止水的聲音……

「既然你這麼說了——那我就生氣給你瞧瞧囉……」

飛在空中的白色小手，就好像不祥妖精的手，正在敲著有人過世的家門。啪！她以不可思議的強大力量伸出手指抓住竜兒的下唇。

「嗯、嗯咕！」

「不過呀，要說讓我不爽的原因……只有這麼一個。那就是你老是有些莫名其妙的無聊幻想——就是因為你一直隨便亂說話，我才會覺得很煩！」

「痛痛痛痛痛痛痛痛！放手！」

「不放！」

大河拉著竜兒的下唇上下左右胡亂揮舞，此時正在竜兒懷中的小鸚，身上的羽毛又開始掉落。有點擔心的獸醫低聲呻吟：「你們快滾吧……」

妳心情不好。

才沒有心情不好！

那妳幹嘛一副不耐煩的樣子？

就是因為你一直說我心情不好啦！

從距離現在五個小時前開始，這個對話就已經不曉得重覆多少次。

簡單來說，就是被亞美耍了。

竜兒可沒有遲鈍到連這種事情都沒發覺。但他雖然驚訝，倒也理解她的做法不過是惡意的玩笑，才任由事情在黃昏時分的2DK裡發生。

高須竜兒與川嶋亞美因為某個契機而拉近距離……也許吧！兩人緊緊抱在一起倒在窗邊。再說清楚一點，就是大家看到竜兒被亞美壓在榻榻米上、兩人順勢躺下的樣子。

問題是第一位目擊者，也就是竜兒的媽媽——泰子，似乎不認為那是在開玩笑，雙手拎著的購物袋掉落在地面上，好像還對兒子說了些什麼，可是那些話幾乎沒有傳進竜兒耳裡。

「不會吧……」

竜兒的腦裡只有一個清晰的聲音——那是從泰子身後的玄關、趴在死黨北村背上、滿身泥濘的大河口中傳出來的。

明知大河與亞美兩人水火不容，可是此刻的自己正以一定會被人誤會的姿態和亞美在一起——總而言之，只有一個「慘」字可以形容。竜兒心想，這下老虎肯定氣炸了。

光是開罵還不夠，發飆的大河鐵定會徹底發洩她的怒火，把這間租來的房子給拆了。這次說不定真的會被幹掉。再怎麼說大河都是掌中老虎，可是擁有輕鬆解決一切的特殊能力。

「這、這是……誤會。」

先把亞美的身體推開，和她保持距離端正坐好，接著從喉嚨發出連自己都覺得很沒出息的藉口。這個樣子簡直就像是外遇的男人。可是事到如今也沒什麼資格好抱怨。

大河圓睜著眼，來回看著竜兒與亞美。這種時候亞美當然不會幫竜兒說話。

「哎呀？好像有點不妙？亞美美選的時機是不是不太好？」

她的自言自語聽來一點也沒有不妙的樣子，還「嘿嘿♡」笑得很開心。

「這個──那個──」

泰子拚命想搞明白情況，不斷來回彎曲雙手手指。

「那個────」

腦袋裡一直反覆進行謎樣運算，最後腦中螺絲似乎全部鬆脫。

北村也有了反應。

從他臉上的表情完全看不出在想什麼。只見他一語不發開始倒車……直接往後退。他全身上下都是跌進水溝裡沾上的泥巴，臉上仍舊掛著扭曲變形的眼鏡。大河也任由他揹著……他們就這麼向外退，消失在竜兒的視線……才這麼想的下一秒──

「哼！」

大河的雙手離開北村的肩膀，抓住大門的門框，接著雙腳夾住北村的腰部，像夾娃娃機一樣將北村的身體往屋內拉。

「逢、逢坂！等一下……」

「北村同學為什麼要逃呢？你不是要借竜兒家沖個澡嗎？再說，也沒逃走的必要吧？」

不過這番發言對大河來說，恐怕是她目前所能做到的極限了。她轉過北村的身體、放開、只用以伸直的雙臂抓著門框上緣支撐身體、放開手，最後以膝蓋滲血的雙腳漂亮著地。

「……那個……那個大河妹妹……根據泰泰的計算，那個，小竜啊，該怎麼說……啊、啊、啊……」

泰子搖著沒穿內衣的胸部，忸忸怩怩不知道該說什麼。大河快速穿過泰子身邊，從容地來到並排坐著的亞美與竜兒面前，讓竜兒倒吸一口氣。沾著水溝泥巴的大河髮絲可怕地貼在臉頰上，從髮間露出的眼睛有如鑲在上頭的玻璃珠，冷靜而清澈。大河彷彿殺人機器一樣冷酷盯著竜兒與亞美兩人的正中央。

大河在兩人面前停下腳步。竜兒看見她單邊臉頰僵硬地動了起來——

「高須竜兒是我的！不准妳隨便碰他！」

——難以置信的叫聲讓每個人都吞了一口氣。可是玻璃眼珠馬上有如溶化般瞇起：

「……妳以為我會這麼說嗎？」

說不出半句話的竜兒身旁的亞美開口了：

「哎呀？妳不打算說嗎～～？怪了～～開、玩、笑、的！」

亞美擺出做作的模樣噘起嘴來。這種情況下還能如此回應，看來這傢伙真是有種。

「哼……我為什麼要說？真是可惜呀，川嶋亞美。真抱歉，我對於這隻好色狗想和誰交配可是一點興趣也沒有。」

喀喀喀……對著亞美露出苦笑，而竜兒就連輕蔑的視線也沒有。大河直接轉過身：

「你們慢慢來吧，我要回家了。北村同學，剛才我沒告訴你，我家其實就在附近，感謝你特地背我過來這裡，不過我還是決定回家洗澡。」

大河淡淡地說完這些話，沒等到北村回答，便大步走出高須家。

之後的結局就是——「因為我的隱形眼鏡歪了，所以麻煩高須同學幫我看看而已～」總之，亞美怎麼聽都是假的謊言暫時說服了泰子與北村。沖完澡之後，北村便送亞美回家了。原本以為事情到此告一個段落——

事件是發生在大河「一如往常」跑來吃晚餐的時候。事件的導火線是泰子。

「太好了～大河妹妹，我還以為妳會在意剛剛的事而不來吃飯了呢！」就在泰子和平常一樣邊準備上班，邊開口說話時——

微微一笑……大河笑了。只是她的笑容依然是面對電視機——

「當然會來呀。為什麼會以為我不來呢？真是怪了，真好笑，這笑話說得不錯。到底大家以為我會在意什麼啊？」

面對泰子時，好歹看在她是高須家一家之主的份上而沒發脾氣，可是——

「啊，對了。真討厭，我完全——忘了！竜兒，你今天好像又發情了？哈！隨便你啦。話說回來，今天晚上吃什麼？哎呀，什錦菜飯？咦——怎麼不是紅豆飯（註：日本習慣遇到什麼好事，就用糯米跟紅豆煮飯來慶祝）？呵呵呵呵呵！」

一手扠腰，一手擺在嘴邊，大河仰天大笑——不過眼裡沒有一絲笑意，只是睜的大大，不耐地散發出殺氣。

在廚房準備晚餐的竜兒心想：照這個情況看來，還是要稍微解釋一下吧？雖然他在腦袋某個角落想著：並非我做了什麼、或是我和誰做了什麼，才導致大河對我話中帶刺……

「我說……大河？」

這件事和那件事是兩回事。

大河可不是普通角色，她是對世上事物十之八九都看不順眼，老愛發脾氣的掌中老虎。光是她最討厭的川嶋亞美和我的交情很好（看起來），八成就已經被她判定有罪了吧。再說，看她那個樣子——

「啊——啊——啊——無憂無慮真好！對吧，醜鳥！呵呵呵！」

大河正以蹲馬桶的姿勢蹲在地上，雙手抓著小鸚的鳥籠。背影看起來充滿殺氣，一邊啪滋啪滋閃著青色火花，一邊隨口說出「隨便啦！」看來大河已經抓狂了。

為了居家生活的圓滿，有時即使沒有做錯事也必須道歉。所以竜兒再一次開口：

「大河……」

「——幹嘛？」

竜兒走到她的身邊，輕戳她的背，大河「呵呵呵」的笑聲嘎然停止，高須家裡只剩下泰子使用吹風機的聲音。

「該怎麼說呢？總之就是傍晚那件事……」

「『那件事』是哪件事？我可不知道。」

面對她冷冷朝向自己的背部，竜兒似乎也有幾分畏縮：

「我被川嶋耍了。我想妳也看得出來，總之……該怎麼說，害妳心情不好，對不起。」

「咿……」

小鸚發出呻吟聲。牠抬起頭，看到竜兒看不到的大河神情，正打算往後退時，卻從木棍上摔下去。

「為什麼要道歉？竜兒真怪。啊！對了，我今天要看著醜鳥吃飯，幫我把飯拿過來。」

大河仍舊背對竜兒，伸出手要她的碗——她的表情只有小鸚看得到。

「配菜怎麼辦……今天是紅燒魚……是金目……」

「擺在飯上吧。不要用普通飯碗，用大碗公。還要淋上滷汁。」

大河就這樣背對著餐桌默默吃飯，泰子與竜兒也不敢說話，只能靜靜吃飯。

「泰、泰泰，該去上班了～」

泰子比平常還要早出門。也就是說，她逃走了。

然後就剩下竜兒，還有打算「一如往常」懶洋洋在高須家混時間的大河。屋子裡只有電視機的聲音空虛地響著。大河執意盯著小鸚，一動也不動。

竜兒下定決心站起身，輕輕地從一旁抱起鳥籠。

「……」

咕嚕！大河美麗的眼珠球面閃著光芒，無言抬頭望向竜兒。

「我想……差不多該幫小鸚蓋上布，讓牠睡覺了。」

「為什麼？平常不是都比現在還晚嗎？」

「沒為什麼……只是……妳看，小鸚看來很累的樣子。」

「我還要繼續看牠，把牠放在這裡。」

大河伸出雪白的手從底座抓住鳥籠。鳥籠晃了一下，裡頭的水灑了出來。

「為什麼？妳平常也不會特別想看小鸚呀？」

「為什麼不能看？不好？奇怪？還是麻煩？」

兩人誰也沒開口，只是互相拉扯鳥籠。

「好了！我懂了，我明白妳的意思了，總之先把小鸚交給我吧！」

——大河的眼睛瞇得更細。

「什麼意思？什麼叫做你懂了？你懂了什麼？你到底想說什麼？」

小鸚的鳥籠仍然卡在兩人之間，屋子裡的空氣瞬間降到冰點，完全凍結。

「啊，就是……我已經知道妳在生氣……」

「我在生氣？你說我嗎？我看起來像在生氣嗎？為什麼？因為你和川嶋亞美調情被我看到，害我吃醋嫉妒抓狂發飆生氣，所以你應該要道歉——這就是你想說的嗎？我是個悲慘的女人，而你很受女孩子歡迎，值得讓我嫉妒抓狂——這就是你想說的話？」

大河一口氣把話說完，緩緩站起身向前踏出一步。竜兒將鳥籠摟在胸前，不自覺後退一步，可是背後馬上撞到牆壁……這就是38平方公尺的悲哀。

「冷、冷靜點，我不是那個意思，我只是想要和平、平凡的生活……」

「你剛剛不是說了嗎，說我在生氣？說我很不高興？你從剛才不就一直在說這些嗎？我明明就和平常一樣，是你自作主張說我在生氣不是嗎？所以我才說好啊，既然你這麼想要我生氣，那我就生氣給你看！要生氣還不簡單！因為我跌進水溝、擦破了膝蓋、想哭得要命又臭得要死，結果這副糟透了的模樣竟然被北村同學看到，還讓他揹著渾身發臭的我……結果就在這種時候，你竟然和那個超討厭的女人卿卿我我……！」

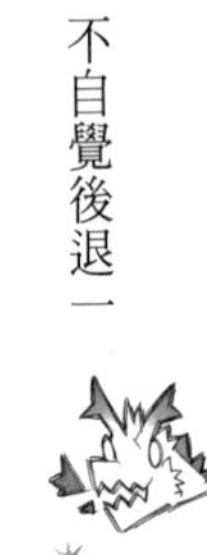

大河又向前踏出一步，皺起鼻子，以一副肉食性動物的模樣惡狠狠瞪著竜兒。一雙瞳眸裡閃耀著熊熊怒火，淺色嘴角扭曲的模樣看似正在甜甜微笑。

「可是最讓我不爽的，就是你自以為是、憑自己的想像對我的想法妄下結論！真是太侮辱我了！喂，你有沒有在聽啊？」

大河惦起腳尖、抬起下巴，好像要和情人接吻，可是聲音卻是前所未有的冷漠殘酷：

「──我為什麼一定要為了你和誰友好而生氣？你高興對誰搖尾巴，又關我什麼事？」

果然是在生氣嘛──可是如果敢再多說什麼，八成會被殺掉。所以即使還有很多想說的話，竜兒還是選擇不開口。這個選擇恐怕是最正確的決定。

「……」

「從現在開始，不准再說些莫名其妙的事。這也是為了你自己著想！」

大河又「哼」給了竜兒一個藐視的眼神，便退開進逼竜兒的身體，轉過身說道：

「本來我對今天發生的事完全沒放在心上，可是你剛才說的話卻搞得我很火大，我要回去了。」

當她套著襪子的腳踏過榻榻米往玄關走去之時──

「……１１９……」

誰在說話？１１９……涉谷嗎？不對，那是１０９……話說回來，這是誰的聲音？該不

會是小鸚吧？真是叫人流淚的逃避現實方式啊！竜兒連忙窺視自己手中的鳥籠：

「哇啊啊啊啊啊啊！」

竜兒不禁大叫出聲，同時反應過來──119，那是要叫救護車！

聽到竜兒的叫聲，嚇了一跳轉過頭來的大河也發出驚訝的聲音：

「咿咿！」

然後連忙跑到竜兒身邊看著鳥籠：「騙人！該不會是剛才搖晃的關係吧？」

鳥籠中那隻被當成爭執道具的可憐受害者已經開始掉毛了。不曉得牠是因渾身僵硬而倒在籠裡，還是因為失神而從木棍摔下去，總之牠的腦袋現正卡在籠子的縫隙裡。

大河快哭出來的聲音「完了完了，怎麼辦！」以及竜兒因慌亂而顛三倒四的尖銳聲音「叫救護車！不對，找獸醫！」兩者成了一首送葬曲。

高須小鸚，享年六歲……不會吧？

「啊，怎麼搞的，剛才那輛車明明是空的……」

竜兒盯著拒絕載客的計程車尾燈，不知不覺擺出大罵對方「王八蛋！」的凶惡姿態。這已經是第二輛拒載了。

自從兩人離開動物醫院來到晚上沒什麼計程車經過的國道，已經過了十分鐘。

「該不會是不想載高中生吧？」

「應該是你的臉太恐怖吧？」

大河連箱抱著剛從地獄回來的小鸚坐在路邊護欄，一臉無趣地注視飛奔而去的車流。

「算了，我們稍微走一段路，走到十字路口那邊吧！我想那邊應該會有比較多從車站離開的計程車……」

呼——大河無奈吐了口氣之後，準備跳下護欄，沒想到卻發出「唔哇！」低聲慘叫。原來是連身洋裝的蕾絲卡在護欄接縫裡了。

「真是的……妳在搞什麼啊！」

大河皺著眉，似乎打算用力拉扯裙子。一旁觀看的竜兒連忙出聲制止：

「啊啊，裙子會破掉啦！再輕一點！」

竜兒跪在路旁，準備輕輕拉出價值十萬圓的連身洋裝蕾絲時——

「煩死了！」

隨著尖銳的「啪！」一聲，薄綿裙子就這麼沿著大河硬扯的方向裂開。接著她把裝著鳥的箱子塞到竜兒手上，轉過那張怒氣衝衝的臉。

「真受不了……」

竜兒小跑步跟在大步走在夜路上的大河後方。

「嗯……的確是有幾點值得反省……畢竟都是因為我們無謂的爭執，才害得小鸚變成這樣。喂，竜兒，你也有責任吧——全都要怪你那異想天開的幻想，說什麼『我在生氣』之類的蠢話……」

「咦？」

雖然大河沒有轉過身來，可是自言自語的內容讓人搞不懂她的意思，於是竜兒走到她身邊並肩而行，一邊偷看大河的神情。

大河則是繼續說：

「我的確是不夠親切……」

嗯嗯，竜兒點點頭。

「我只是覺得好笑，可是完全沒發脾氣喔。我是說真的，打從心底跟你說真～～～的！反正你的事與我無關。」

「……」

此刻竜兒的心裡，疲憊的感覺遠大於生氣，他已經沒有力氣再去抱怨了，只是望著大河的臉。大河撥開礙事的長髮，對著竜兒微微一笑：

「那我先走一步了。我可不想和你這隻好色狗交情很好地並肩走在一起！」

真是過分……

那張彷彿貼上去的笑臉「呸！」一聲轉過去，大河就以緩慢無聲的步伐走入深夜的潮濕霧氣中。她的背影強烈表示——誰敢擋我，我就瞪死他。

大河總算順利攔到計程車。兩人雖是鄰居，但竜兒並不想和她同車，只是事與願違「別拖拖拉拉的！」竜兒僅存的願望也跟著破滅。沉重的腳步有如邁向死刑台，好不容易才坐在大河身邊。一路上大河都沒開口，直到計程車來到高須家與大河家的正中間。

大河熟練地付了車資，沒看竜兒一眼，便逕自走進大樓入口。竜兒原本還打算要付全部的計程車錢……

——從那件事發生至今已經五個小時，情況越來越嚴重。

＊＊＊

啊啊，真受不了！煩啊！

我到底做錯什麼，事情竟然變成這樣？受不了受不了受不了！一到明天早上，鐵定又要遭受大河煩躁而且話中帶刺的責備攻擊，等到上學之後，大河與亞美一定會槓上，屆時還會爆發更加諷刺、更加不耐的怒火吧？

不要不要、我不要——也許是睡不好的關係，竜兒整晚痛苦呻吟。

「……嗯……嗯？嗯？」

竜兒一邊想著怎麼沒聽見鬧鐘聲，一邊緩緩睜開眼睛看向時鐘——

「嗯————！」

啪！毛毯飛了起來。8：05映入眼簾，腦袋瞬間清醒——殘酷冰冷的現實不斷在竜兒腦中來回。

「慘了慘了慘了……！」

多睡了一個小時，這下全勤獎有危險了！總之先上廁所……同時又想要把T恤脫掉，竜兒陷入一片混亂而手忙腳亂。怎麼辦？怎麼辦？怎麼辦？

「不好了！大河！」

竜兒想起了大河——那傢伙只要竜兒沒去叫就一定起不來。如果要走過去叫她起床換衣服，那就遲到定了。

沒辦法——終於到了使用祕密兵器的時候。竜兒老早就準備好應付緊急狀況的好東西。

他從櫃子裡拿出平常很少使用的長柄刷——只要有這個玩意兒，就能夠叫醒大河。

「很好——！」

竜兒打起精神地打開房間的窗戶，一邊避免向下看，一邊將腳踩在窗台上，再把另一隻腳踏到與隔壁大樓之間的分隔牆，然後伸長拿著長柄刷的手臂，用長柄刷敲打窗戶。

「大河！起來！睡過頭了！」

窗子那頭就是逢坂大河的寢室。鏗鏗鏗鏗！可是大河沒有半點醒來的跡象。她該不會丟下我一個人上學了吧？有可能。想到這裡竜兒又開始猶豫了，昨天兩個人如此針鋒相對之後，即使今天我還是一如往常叫她起床，也不知道她會作何回應？還是別叫醒她，讓她繼續睡……不不不，如果不把她叫起來，情況恐怕會變得更糟……

還是再叫一次吧！如果不在的話就沒辦法，這是最後一次。竜兒再度伸出長柄刷——

「到底是……怎樣……啊！」

「哇——！」

大樓的窗戶突然無預警地打開，長柄刷正好用力敲在表情呆滯的額頭上。接著就有如漫畫一般，大河直挺挺往後倒，消失在竜兒眼前。

「大、大河——！振作點！」

過了一會兒——

「痛……痛死了……」

扶著窗台站起身的大河快要哭出來了。雖然熱淚盈眶的樣子看來很可憐，可是現在不是想這種事的時候。

「對、對不起！我睡過頭了，已經超過八點啦！」

「咦……？啊？為什麼？痛……好痛……」

還沒睡醒的大河像小孩子一樣揉著眼睛、吸著鼻子。手上沾到淚水與鼻水，就直接擦在純白夏季棉質睡衣的肚子上。

她似乎還沒搞清楚狀況，把臉埋進亂糟糟的長髮裡：

「早餐吃什麼……？今天為什麼用這種方式叫我起床……？」

她似乎忘了自己在生氣。幸好她沒發火，這該說是幸運嗎……

「早餐還有便當統統沒準備！總之現在是緊急情況，快點去洗臉、刷牙、換制服！五分鐘之後沒出門就遲到定了！」

「嗯……？」

也不曉得她到底聽懂了沒，大河又揉了揉眼睛：

「嗯……」

點點頭。那就當她懂了。竜兒安全回到自己的房間裡。

「喂，快點快點！關上窗戶！對！關上，上鎖！就是那樣！」

竜兒確認大河的臉縮回房裡、關上窗戶之後便開始換衣服……話說回來，他現在才注意

到自己剛才只穿著一件四角內褲就出去和大河說話。

「幸好她還沒睡醒……更重要的是，幸好沒有被人看到。我大概也睡昏頭了吧？」

急急忙忙將雙腳套入夏季制服長褲裡，慌慌張張扣上短袖制服的釦子……牙齒要好好刷，不過臉就隨便用水沖一下就好。

正當他翻著抽屜找襪子時：

「啊，小鸚和泰子的飼料、食物和水……可是沒時間了！」

只好留下字條，拜託媽媽打理一下小鸚和自己了。接著把鳥籠上的蓋布掀開——

「喔！」

昨天晚上小鸚從獸醫那裡回來之後，就累得左搖右晃，現在睡得正熟。牠停在木棍上，勉強鼓著沒剩多少的羽毛，翻白眼和痙攣的泛黑睡姿一如往常。

「昨天真是抱歉，安心睡吧……」

就在竜兒忍不住雙手合掌之時：

「小鸚……死掉了嗎……？嗚哇～～」

鳥籠旁邊的泰子原本正發出充滿酒臭的鼾聲熟睡，卻突然睜開眼睛大哭起來，還順勢滾向房間角落。

「嘶……」

滾到衣櫃下方，再度發出平靜的鼾聲。

「胡、胡說八道……牠還沒死掉啦！」

泰子應該聽不到，但竜兒還是老實回答，並且輕輕幫她蓋上毯子。然後連忙穿上襪子、抓著書包飛奔出門。

外頭雖然朦著一層薄霧，日光仍然相當眩目。竜兒瞇起惡狠狠的雙眼，奔向隔壁高級大樓的入口大廳。

他在自動鎖面板上不斷按著２０１的按鍵，卻沒有傳來任何回應。就在竜兒急得像熱鍋上的螞蟻時——

「吵死人啦————！」

玻璃門靜靜開啟，大河一邊抱怨一邊走了出來。

「原來妳起來了！」

「不是你叫醒我的嗎！額頭痛死了……！」

呸！大河別過臉背對竜兒，力氣大的快要扭斷脖子。一瞬間的眼神充滿憤怒與侮蔑。

唔哇——即使沒睡醒，還是記得發生什麼事情。打從一大早竜兒的背部就感覺到一陣寒意，不過還是忍著寒意和大河並肩走出大樓，在充滿梅雨季節青綠氣氛的林蔭大道上狂奔。

「大河，我們要先去一趟便利商店，否則就沒午飯吃了！」

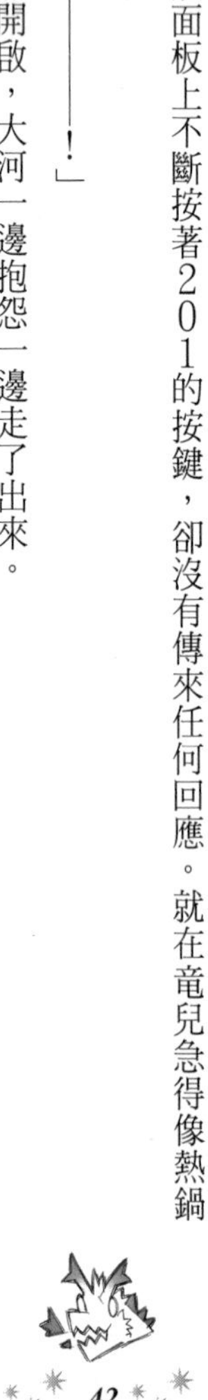

「……」

「大、大河？聽到了嗎？」

「……」

「痛……不要踢我的屁股！」

「不准跑在我旁邊！你這隻大色狗！聽到了啦，便利商店對吧！」

「……」

我懂了。看來今天要和大河溝通，就得用大聲吼的方式，不然就是要無視她的態度。

大河的壞心情以及對待我的惡劣態度，說來也算是日常生活的正常狀況——但還是覺得她今天的態度似乎要比平常還要惡劣數倍。是因為今天早上用那種方式叫她起床的關係？還是我睡過頭的關係？竜兒試著理出頭緒，感覺像是在自欺欺人……果然，怎麼想都覺得大河還在為昨天的事情生氣。

哼！嘴角扭曲的大河再度轉頭，絕不看向竜兒的眼睛。啊——啊……今天又要和昨天一樣遭受煩躁暴風的襲擊嗎？竜兒心情不由得變糟了。

「黑乳頭……」

「咦！」

狂奔途中隱約聽見大河咬牙切齒的輕聲低語：

「你的黑乳頭一直留在我的視網膜上，真是教人生氣……！」
也就是說，大河今天不爽的原因，是竜兒的乳頭。和昨天的事一點關係也沒有——反正你的事情跟我沒有任何關係，就是這樣。
「沒……沒那麼黑吧……」
「黑！我的眼珠都被你的乳暈給占據了！超黑！」
咦？不會吧——16歲的夏天，高須竜兒對自己的身體又有了新的自卑情結。
來到実乃梨平常等待的十字路口——可是距離遲到時間只剩不到幾分鐘，就連支撐竜兒破碎心靈的女神也先走一步了。

「啊，終於來了～～！昨天真的謝謝你的幫忙！」
就在千鈞一髮之際安全抵達教室。
「哎呀呀，頭髮還留著睡覺時壓到的痕跡喔？今天睡過頭了嗎？」
站在竜兒面前的這位，就是忘了帶翅膀、閃著清冽光芒的大天使——外表看似如此，其實是性格超差的吉娃娃——川嶋亞美。水汪汪的大眼睛有如寶石般閃亮，從夏季制服裡伸出細長的雪白手臂指著竜兒，還以手指彈彈他那睡到翹起來的頭髮。

「原來高須同學也會睡過頭呀！」

亞美以拍攝寫真集專用（噘唇&睜大眼&微微傾斜強調乳溝的姿勢）的完美笑容，說了聲：「真可愛♡」

「……」

「哎呀？怎麼了──？」

妳問我「怎麼了──？」我也不能說什麼吧！竜兒的心情十分微妙……也沒回應她的早安問候。看來今天的亞美也打算戴著鐵面具與竜兒打交道。明明早就露出馬腳，讓人看到她黑暗的一面，還以為做作女亞美的模樣行得通嗎？開什麼玩笑！看到她那個樣子，反而是竜兒不知道該用什麼表情回應。

「啊，你別誤會喔？當然不是在說高須同學可愛，而是在說亞美美自己！高須同學還是老樣子，看臉就知道的那一型！」

「看、看臉就知道的那一型……？」

亞美用手比個V字橫擺在眼睛旁邊：

「110♡」

筋疲力盡──一大早就耗去大半體力，竜兒不禁重重嘆息。反正自己就是一副通緝要犯的長相啦！

「被騙了……」

「嗯呵呵？究竟是怎麼一回事呀～？」

亞美微笑的眼睛深處帶有捉弄人的表情。這是那個鐵面具嗎？仔細一看，竜兒面前的亞美，根本就是性格差勁的黑心吉娃娃。

「一大早就開始裝模作樣……小心臉抽筋。」

「我可是專家耶，才沒那麼蠢～」

嗯哼，她以那副鮮少有人見識過的惡劣真面目吐出舌頭，馬上又換回水汪汪的柔弱美少女笑容面具。

「……噗！」

「擋到路了，笨蛋吉娃娃。」

跟在竜兒身後走進教室的掌中老虎，讓美少女教主忍不住發出痛苦呻吟。看來她似乎是用比路過打招呼的程度再稍微大力一點，用書包一角往肚子撞下去吧。

「哎喲……逢坂同學，妳今天早上看來也是心情很差耶……？」

「早安，川嶋同學。一大早就開始發情，真是辛苦了。」

大河來回打量亞美與竜兒，只留下冷冷一瞥與訕笑便轉過身。

「啊～對了！」

亞美聽來很刻意地大叫出聲，「啪」地拍了一下手：

「逢坂同學，真是對不起喔？妳還在意昨天的事嗎？真是討厭，那是誤會啦！那只是逢坂同學搞錯了喔？不過，才那樣妳就這麼吃醋嗎？唉呀！吃醋、嫉妒，這一點也不像逢坂同學！啊啊～真是傷腦筋……都怪我天生少根筋，才會老是做出讓人誤會的事……」

「……」

大河停下了腳步，緩緩轉頭：

「妳是不是搞不清楚狀況啊？」

扭曲的嘴唇露出充滿殺意的血腥微笑，口中的話語猶如死神的訊息，頓時之間風雲變色，周圍變成魔幻空間：

「我一點也不在意昨天的事——」

「喝啊！」

咚——！大河飛了起來。終於學會舞空術了嗎……在啞口無言的竜兒面前，令人目眩神迷的正牌陽光笑容出現在大河身邊。

「早安～～！大河和高須同學兩人都差點遲到嗎～～！」

「小、小実……放我下來！」

原來從身後將手伸入大河腋下，輕鬆將嬌小的大河高高舉起的人就是櫛枝実乃梨：

「大河，妳怎麼還是一樣輕？妳明明和我吃的一樣多呀，為什麼呢～～？」

「別拿我來練肌肉啦！」

她一邊低語「搞不好二頭肌可以變瘦呢！」一邊抱著大河上上下下——那張笑容看來多麼健康，彷彿恆星光芒般耀眼。對竜兒來說，這就是女孩子該有的模樣。

換上夏季制服，更加展現実乃梨窈窕的體態，耀眼的姿態讓竜兒只能反射性地挪開視線。昨晚開始就不斷遭受大河的劇毒攻擊，如今面對実乃梨健康的可愛，不禁感到有些太過刺激而招架不住。慌張失措的竜兒連忙吞了吞口水，別開閃著光芒的視線——不是在生氣，而是心情激動。

另一方面，実乃梨完全沒注意到竜兒的異狀，馬上就開始研究起其他人手臂的粗細：

「對了，川嶋同學也很瘦呢！最近有在跑步嗎？」

唉——竜兒無奈地輕輕嘆了口氣。這就是一般人說的「單相思」嗎？究竟要到什麼時候，実乃梨才會發現自己的心意呢？畢竟自己是這麼一心一意的悄悄喜歡她——

「你們兩個看來怎麼很沒精神？啊、該不會是大河和高須同學都睡過頭，所以沒吃早餐吧？這樣的話正好，我本來是帶來想當做點心的，就給你們吃吧！」

搞不懂她到底是遲鈍還是機靈？実乃梨由口袋拿出小小的拉鍊袋，伸手探了探之後：

「THE 黑乳頭！」

——拿了兩粒葡萄乾擺在自己胸前。

「多吃一點對身體很好喔！咦？高須同學，你怎麼這麼沮喪？」

「乒乒」大河拍拍実乃梨的肩膀：

「現在的竜兒在反映自我的自畫像與客觀事實的夾縫間，化身為失去地圖的旅人。」

「喔！好像很厲害耶！加油啊，高須同學！用力揮棒就打得到！」

她將右邊的黑乳頭遞給垂頭喪氣的竜兒，然後轉過頭把左邊的黑乳頭給了亞美：

「川嶋同學，昨天真的很抱歉！我會好好反省的！明明是我自己說要幫妳，卻非去打工不可……對不起！還好吧？剛才我聽北村同學說了一點，聽說已經成功擊退跟蹤狂？」

「不用道歉啦——！是啊，結果還算順利！我才要跟妳道謝呢，真的很感謝実乃梨的幫忙，也謝謝妳的黑乳頭喔！」

接著実乃梨再度轉身向大河與竜兒道歉：

「大河、高須同學，真的對不起！」

「沒關係的，小実，那也是沒辦法的事呀！」

「對不起。」

她彎下細細的腰，鞠了好幾次躬。打從心底萬分抱歉的皺眉、還有抬頭望向自己的純真眼瞳，一口氣將竜兒帶離乳頭的懊悔深淵，緊張到說不出話來。竜兒只是看著実乃梨的臉，對她拚死揮手——他想表達的是「妳別放在心上」。看到竜兒的舉動，大河也跟著說：

「竜兒的意思是說他完全沒放在心上。對吧，竜兒？」

竜兒點點頭。不管兩人再怎麼吵，必要時刻大河還是會幫我，真是個好傢伙……

「對了，小実——我告訴妳，昨天竜兒趁著妳半途離開時幹了什麼好事！我和北村同學跌到水溝裡而脫隊，所以只剩下他和川嶋同學兩個人，於是竜兒就把川嶋同學帶回家——」

「哇——！」

妳在說什麼啊！竜兒幾乎是以反射動作伸手掩住大河的嘴，卻被用力甩開——

「在黃昏的高須家，兩人緊緊靠在一起……」

「喂——！」

「黑乳……」

喝啊——！一心只想讓她閉嘴，於是竜兒也學実乃梨將手伸進大河的腋下，用力將她抱起。輕輕鬆鬆就把體重很輕的大河抱起來——

「呀！放開我！大色狗！」

就算妳再怎麼掙扎，我也不會放開！妳給我到那邊去吧！嘿！一轉過身——

「喔喔，逢坂早啊！」

「……！」

大河與對方的鼻子幾乎快要靠在一起。北村祐作爽朗地舉起一隻手，大河就這麼全身無力，忘了要繼續罵竜兒。

「早、早、早、早……」

她又開始以沒人聽得到的微弱聲音，模仿壞掉的錄音機。連竜兒雙手抱著的腋下，溫度似乎也上升了兩度左右。

「哎呀哎呀，你們還是一樣老是打打鬧鬧的，感情真好啊。」

大河總算回到地面。北村來回拍拍她與竜兒的肩膀，看向大河說道：

「嗯，昨天我忘了還妳，就直接把它帶回去了。」

「啊……嗯……」

「上面有點缺口，我擅自修了一下……沒關係吧？」

「啊……謝謝……」

大河的臉一片通紅，嘴巴變成小小的三角形，渾身發抖。這個畫面——少女單戀的班長將遺忘的東西交還少女——簡直就是少女漫畫中的一幕嘛！

「別常拿這種東西亂揮，太危險了。」

「唔……嗯……」

爽朗的男主角交給面紅耳赤的女主角——一把慣用的木刀。差點死在刀下的竜兒也以複

雜的心情，注視著眼前這乍看之下很美的畫面。

「剛剛大河要說什麼？」

「嗯？」

沒有心理準備的竜兒，一回過頭就看到実乃梨偏著頭站在那裡，褐色眼睛看著竜兒：

「剛剛大河說到一半的事是什麼？高須同學？」

「啊……沒、沒什麼……」

竜兒的內心與冷淡的回應相反，是有如炸彈即將爆發的倒數狀態。若無其事轉頭想要向亞美求救……人不見了。「咦——那個是哪裡買的？好可愛——！」「在車站二樓買的，超便宜喲！」「騙人！我也要！」「我也要！」她正和遠處的麻耶、奈奈子等一群吵吵鬧鬧的女生聚在一起。真是個靠不住的傢伙。不、搞不好她不在才是好事——雖然比不上大河，不過亞美的嘴巴也是很恐怖的。

実乃梨抬眼瞄瞄竜兒：

「既然高須同學都這麼說了，那我就相信你吧……別忘了我曾說過，如果你敢讓大河不幸，実乃梨就會變成猛獸喔……開玩笑的啦——」

「嗯……」

沙！看似玩笑的輕輕一刀。或許是因為出自暗戀對象的口中，才會感覺萬分難受。此時

很巧的是——

「對了，逢坂，昨天高須和亞美那樣，是因為亞美的隱形眼鏡歪了，請高須幫她看看而已。所以妳就別太在意了，也別再生高須的氣了，今後也要恩愛的在一起喔！」

「啊……」

大河也被名為「北村的體貼」一刀砍下。

令人想要抱頭……從兩人相遇的春天開始，大河與竜兒和各自喜歡對象間的關係一點進展也沒有。不，是有一點有改變——

「都是你的錯……都是你害的……北村同學到現在還在幫我們加油……！」

「不要搶了我的台詞！都怪妳想扯我後腿，才會遭天譴！」

互踩對方的腳、彼此肘擊、目帶電光瞪著彼此、以充滿嘲諷的厭惡語氣你來我往——大河與竜兒的關係，明顯變得越來越糟。

＊＊＊

這天大概是單身戀窪百合（29）的幸運日吧。

「大家早安！」

微笑環視全班的腫脹眼睛，自豪的雙眼皮腫到看來有如鱈魚子，2—C班上沒人會蠢到追問原因……然而教職員室裡卻有一個一年級的菜鳥老師（27，有男友，自稱「男友已經求婚，可是自己還很猶豫，暫時維持現狀，最快一年後結婚」）：「戀窪老師，妳的眼睛是怎麼回事？還是遮掩一下比較好喔。」說這什麼鬼話？妳這傢伙懂個屁啊！

「今天雖然不是好天氣，不過我有好消息要宣布喔～！」

就在昨天晚上——

她一個人到家庭餐廳吃晚飯（一個人怎樣？不行嗎？）喝了一瓶便利商店買的啤酒，突然開始懷念老朋友……

話說回來，最近幾乎很少和學生時期的朋友出去玩，現在時間也還不算晚，打個電話應該沒關係吧？於是她便撥了通電話給交情很好的理沙。理沙很快就接起電話：「不會吧！百合！好久不見！咦？真的假的？好啊，一起出去玩吧！這個星期六？啊，對不起，那天不行耶，其實我那天要訂婚啦——沒錯沒錯，就是那個公務員。哎呀——已經算是孽緣了啦！要不是因為爸媽一直囉唆個不停……對了，聽說沙耶加生了喔！下次一起去看小寶寶吧！自從美穗的婚禮之後，大家就沒再見過面了……話說回來，最近如何？前陣子不是說有個滿有前途、年紀比妳小的男生？還說黃金週要一起出去玩，結果呢？和他進展得如何呀～？咦？喂喂？喂——喂——？」結果如何？什麼如何啊！根本沒結果要我怎麼說？怎麼這麼遲鈍…

……拜託！

一口氣喝了三罐啤酒，感覺沒喝夠又開了一瓶紅酒、還做了鹽分與卡路里超高的下酒菜（凌晨兩點的泡菜炒豬肉），最後莫名其妙狂哭一頓後就睡了。

隔天早上八點半，也就是現在：

「游泳池從這週起開放！各位同學都很期待吧？大家好好調整身體，做好萬全的準備迎接挑戰吧！」

天真無邪的高中生發出「太好了——！」&「討厭——！」二重奏——天真的男孩子們開心大笑；女孩子們則抱怨「肚子～～」「大腿～～」「手臂～～」「泳裝不能穿啦～～」

單身班導靜靜地嘆息：真是一群笨蛋……妳們還是高中生，有什麼關係……反正妳們還年輕，有什麼關係啦！

「咦～～？這間學校要和男生一起游泳嗎——？討厭討厭，好丟臉啊——！」

川嶋亞美！妳這傢伙不是超瘦、超可愛嗎？還有妳不是模特兒嗎？丟什麼臉啊？有什麼、有什麼好丟臉的……

「老師！今天的朝會就到此告一段落吧！」

「好！到此結束！」

把其他事情交給能幹過頭的北村班長，班導站在講台上空虛地望著台下的學生「起立！

敬禮！」大家配合北村的口令低頭。

這時班導不經意地注意到——對了，今天怎麼好像有點好運？

被教職員稱為掌中老虎、怕她怕得要死的問題小孩・逢坂大河今天竟然沒有不耐煩的嘖嘖作聲，只是保持沉默……雖然她還是一樣不敬禮，只是呆呆望著窗外。

令人羨慕的玫瑰色光滑臉頰看來並沒有身體不適的樣子，或許是沒注意到講台上的班導，只顧著仰望天空吧！

今天早上平安無事，沒有因為掌中老虎的攻擊失血——光是這件事就讓班導覺得幸運。

這樣的我或許有點可愛呢，或許有一點點好運了，或許結婚運有點上升……單身班導擺出小小的勝利姿勢，有了面對明天的力氣。

然而她卻沒注意到，自己班上即將捲入愛恨交織的魔幻空間——連這點小事都注意不到，看來她很難全心全力努力工作吧。

2

「我可完全沒生氣哦，就和平常一樣呀！」

——雖然大河這麼說，不過在說完這句話之前早已怒髮衝冠。竜兒和大河關係惡劣的日子就這樣持續了好幾天。

兩人的關係明明很差，可是大河卻堅持要一如往常，所以她也沒打算停止在高須家的生活。一樣過來吃飯、一樣混到很晚，還有一樣不變的帶刺傲慢態度。如果竜兒不小心想要解釋「那件事」，打算提起大河因為「那件事」而煩躁不已的話——

「我完全沒有……」以下省略。

結果「那件事」就成了高須家的禁忌。可是「那件事」以及它變成禁忌這兩點，又再度點燃了大河的怒火——「為啥我非得在意那種事不可?搞得好像我在生氣似的！」

這種生活已經過了好一陣子。但話說回來，我到底做了什麼?連竜兒也找不出個答案，只有任由神經繼續衰弱下去。直到那一天——

「大河——！我們不是約好了嗎？」

「……」

課外活動結束之後的放學時分，掌中地藏菩薩降臨2—C。

「我不是說過只有今天可以不用出席社團活動嗎！」

「……」

逢坂大河化身為掌中地藏菩薩，穩穩坐在位子上不動，嘴巴癟成ㄟ字形。她的死黨‧櫛枝実乃梨正抓住她的肩膀拚命搖晃：

「大河——！」

竜兒當然注意到実乃梨的叫聲。一般情況，這時候應該要趁機問她：「發生什麼事了？」這可是上前和她說話的千載難逢好機會！只是一想到這幾天和大河的超糟糕關係，竜兒就不太願意接近那個地藏菩薩區域。

竜兒明明就很在意実乃梨，卻只能站得遠遠、想幫忙又無能為力，於是眼睛自然發出危險光芒——不是躲在陰暗處打算襲擊兩名弱女子，只是他正在思春期特有的自我意識與戀愛心情之間搖擺不定……這就是男人心。

出乎意料的援軍登場。

「実乃梨，怎麼了？」

正在準備回家的亞美似乎覺得自己應該表現一下博愛精神，於是便掛著天使笑容走近実乃梨與地藏菩薩身旁……

就在這時候，大河解除地藏菩薩模式，咧出獠牙低吼：「唔——！」

「喂！住手！」

大河的鼻子被実乃梨捏住而痛苦地揮動手腳。想不到這麼簡單就能解除大河的戰鬥狀態——原來如此，只要那樣做，她就會乖乖就範……快做筆記！竜兒開始找起筆記本。

「川嶋同學，真是不好意思，不知怎麼回事，大河今天特別難搞。昨天約好今天要去車站大樓買泳裝，結果到了今天，她卻說不想去……」

「泳裝？啊、對喔，游泳池明天就開放了，好期待喔！」

「川嶋同學準備好泳裝了嗎？」

「嗯，我有健身房的泳裝，所以我想穿那個就可以了吧～雖然是比賽專用的樸素款式，不過應該沒關係吧？就是像這樣整件都是淺灰色、左右兩側有橘色線條……」

「啊，那種不行喔！學校規定在游泳課只能穿黑色或深藍色無花樣的泳裝，線條也只能是白色的喲！」

「咦！不會吧？」

坐在位子上的大河乖乖抬頭回看著実乃梨和亞美交談——

竜兒看到大河躡手躡腳悄悄抓起書包，將原本就很嬌小的身體彎低，從椅子上做了個漂亮的前滾翻，快速穿過実乃梨腳邊，接著壓低重心回復到野獸姿態，一鼓作氣狂奔而去……

「啊！逃走了！高須同學——幫我抓住她——！」

「呃？哦、嗯！」

竜兒反射動作地伸出手來，正好抓住通過竜兒身旁的大河——這只能說是偶然的奇蹟。

「哇喔！高須同學幹得好！」

「放開我，大色狗！竟敢忤逆主人！你這個叛徒！寄、寄、寄、寄生蟲！」

竜兒無視大河多了好幾個寄的抗議，直接將她交給趕來身邊的実乃梨。

「謝謝你的幫忙！」

「這是我應盡的義務。」

兩人開心地互相敬禮。実乃梨看向大河：

「喂！大——河——！妳幹嘛逃走！」

「我、我又沒跟妳約好！小実說想去買的時候，我只是說了『那很好啊』嘛！我……我才不想去！」

「為什麼！」

「我……我不想買泳裝嘛！」
「那妳打算怎麼辦？去年的泳裝早就放到爛掉了吧！」
咕嚕……大河難為情點點頭。身旁的竜兒無奈地低語：「泳裝沒有立刻洗起來晾乾，就是這種下場……」
「所以非得買不可！沒有泳裝妳要怎麼上課？」
「翹掉游泳課不就得了……」
「真是敗給妳——！」
這回變成無奈的実乃梨仰天長嘆。她拍了不知不覺留在現場的竜兒背後，傳達無聲的呼喚：「換手！」什麼時候我也被捲進這件事了？不過竜兒還是說：
「翹課的話，體育成績怎麼辦？」
身為男人，就非得跟実乃梨換手不可。
「這與你無關吧！」
唔哇！大河瞪來的視線中充滿太過突然的殺氣。可是自己現正站在実乃梨面前，怎麼可以沒出息地說逃就逃？這麼做雖然有點卑鄙，可是——
「北、北村！你也說說大河！」
竜兒叫住人正在座位上整理書包，準備前往學生會辦公室的北村。北村愣了一下，推了

一下眼鏡：

「嗯？怎麼了？」

「大河打算翹掉所有的游泳課喲！」

「這種事情可不能聽過就算了！」

「……！」

糟了！大河的表情瞬間扭曲！這就叫自作自受。北村毫不客氣地靠近：

「逢坂，身體不舒服嗎？」

「沒……沒有……」

「那就要好好上課才行。雖然看起來像在玩，不過上課就是上課。」

面對笨拙不擅說謊的大河，北村決定用直球對決——這樣一來，獲勝者當然是北村！

「只要妳懂就好！那麼我們明天見了！」北村爽朗地舉起一隻手走出教室，大河盯著北村離去背影的眼神看來有些怨恨。

「就是這樣！走吧，大河！啊，川嶋同學也一起去吧？」

「咦？不過……」

瞄——亞美視線的前方，是掌中老虎氣到不行、臉頰鼓起，好像快要施展舞空術飛起來的大河。而且不只是不爽，全身上下還散發「妳敢跟來我就饒不了妳」的訊息。

「大河！妳幹嘛那副表情？川嶋同學才搬來沒多久，連哪裡有賣泳裝都不清楚吧？」

「沒關係，実乃梨。我沒關係的。」

実乃梨開始教訓大河。亞美對実乃梨露出優雅的微笑並搖搖頭。接著她往後一退——

「我會請高須同學陪我去。高須同學，可以嗎？可以吧？不行嗎？」

「咦！」

亞美細長的雪白手臂輕輕靠向竜兒的手肘附近，幾乎快要纏上去了。

「不行……嗎？」

「呃？咦？我陪妳？」

竜兒嚥了一下口水，眼睛看向亞美。他明明知道亞美低頭向上看的淨白美貌只不過是張拙劣的面具，卻還是不小心看到出神——生動、清澈，令人震撼。竜兒不知不覺遭到亞美水汪汪的眼睛、有彈性的嘴唇、再加上怯生生的吉娃娃表情連續攻擊。他在幾乎是被牽著鼻子走的情況下，點了一下頭……

「真的嗎？太棒了！好開心喔，果然還是高須同學可靠！啊，妳應該不會在意吧，逢坂同學？」

瞄——亞美望向大河的眼神中充滿挑釁的藍色火焰。「呃、咦？這空氣是怎麼回事？」

実乃梨不解地來回注視大河與亞美的臉——至於竜兒連身體都動彈不得。

「我無所謂啊？」

不耐的大河撥弄長髮，嘴角微微一笑。玫瑰色的嘴唇甜美彎起，全方位發射毒液：

「竜兒都說好了啊！跟我又沒有關係。竜兒要和誰做什麼，我可是一——————」

——點也不在乎！她大概又要說這句話了吧？

「……咿！」

「鏗！」驚人的聲音響起——大河為了說出台詞而彎下身，額頭卻直接撞在書桌上。照理說無人能敵的掌中老虎，此刻卻按著額頭、單膝跪在教室地板上。

「大、大河！」

「唔哇！看來很痛的樣子……」

竜兒和実乃梨連忙上前照料大河。在他們兩人的背後——

「逢坂同學……該不會很笨手笨腳吧？」

出乎意料的情況讓大河的毒氣迅速消散——亞美偏著頭，似乎又知道了一個世界秘密。

＊＊＊

「為什麼？為什麼結果會變這樣！妳幹嘛不跟竜兒滾去其他地方？看是要去歐洲、北極圈，還是魔界都市新宿都可以呀！」

「哎喲，我又不是故意的～因為他說有泳裝賣場的店只有這間呀～！啊，這件一定適合逢坂同學！妳看，上面寫著『兒童尺寸，六歲到九歲適用』喲～！真是太可愛了～！兩件式的耶～！」

「川嶋同學穿這個應該不錯哦！正好適合發情中的母吉娃娃！妳看，寬五公分～」

「那是男生的三角泳褲吧！」

「哎呀！也是，這種不行呢。原來如此啊，息影狀態的模特兒川嶋亞美如果穿著這種東西，濃密的毛會跑出來是吧？」

「幹嘛用那麼大的聲音說那種事情呀！」

雙方陰險的對決聲響徹樓層一角。

「我可是很難為情耶……」

被拖來女用泳裝賣場，已經讓身為高中生的竜兒臉紅了，再加上那種話題——

「啊——大河妳們兩個真是的……對不起喔，高須同學。害你被捲入奇怪的事件裡。」

「不，我不會……在意的。」

実乃梨站在車站大樓的寒酸觀葉植物前，更顯得讓人目眩神迷。如果沒有実乃梨的話，整個情況將讓竜兒感到絕望……不過有她在就不會了。

時值平日傍晚四點過後，鎮上數一數二的四層樓購物地點‧車站大樓即使到了這種時間仍舊沒什麼人影。其中又以泳裝賣場顯得特別寂寥，只有夏威夷風格的音樂空虛流過。

在空虛的樓層角落，実乃梨正在一面確認樸素的泳裝，一面和竜兒聊天：

「高須同學有泳褲嗎？杜子對面就是男生的泳褲喔！」

「沒關係，我去年的還在……」

「也對，你又不是大河，不會把泳裝擺到爛掉。」

「大河就是特別邋遢。」

是啊。実乃梨笑著，手裡同時從架上取下一件泳裝：

「啊、我的可沒有爛掉喔，只是單純想買件新泳裝而已。嗯……這件好嗎？」

這時竜兒如果能夠立刻接上「這件不錯，很適合妳」，兩人應該會更加順利吧——明知如此，竜兒的喉嚨卻一直覺得莫名異樣，說不出半句動聽的話。

真是沒用的男人！無言的竜兒開始討厭自己……明明是和実乃梨一起挑選泳裝的難得好機會……這可是他連作夢都沒想過的經驗耶！現實就這麼簡單地凌駕竜兒的想像力。

実乃梨當然不會發現竜兒的懊惱。

「嗯——這是，開高衩的嗎？」

三十度……她將雙手擺在股間比了個V字形打量角度，然後乾脆地把泳裝掛回架上，繼

續緩步往其他牌子的賣場走去。実乃梨悠悠哉哉說出：
「對了，我常在想，高須同學的制服還有運動服總是那麼整齊乾淨。你每次都有用熨斗燙過對吧？」
「呃……？」
咦？這該不會是……稱讚我吧？事情來得太過突然，竜兒腦袋一片空白，但還是努力保持冷靜，凝視実乃梨的側臉：
「是、是嗎？呃，那個……因為我媽媽要上班，所以我必須自己做這些事。再說我也不討厭做這些事……」
「哦——！好厲害！原來高須同學都是自己做家事呀！」
竜兒的臉頰瞬間熱了起來，不禁把頭轉開，然後裝作若無其事在看泳裝的樣子，並忍不住抓住模特兒假人的胸部。然而実乃梨接下來的話更具衝擊性：
「大河之前曾和我說過：『竜兒超級擅長做家事的喔！』、『他會好多好多我不會的事情，真的好厲害喔！』大河會這樣子稱讚男孩子……啊、應該說是稱讚人，我還是第一次聽到喔！所以當時我超驚訝的。」
「……」
「哎呀，高須同學不行啦！那個是模特兒假人，你揉那麼用力會壞的。」

「大、大河……？稱讚我？啊？」

竜兒的眼珠快要掉下來了。

怎麼會有這種蠢事？怎麼可能？大河總是叫我大色狗呀！老是把我當成狗看待的人，怎麼可能稱讚我？

對了──我懂了！竜兒的眼睛閃過一道光芒，想出自己可以接受的答案──那就是実乃梨在說謊。就算並非全是謊言，至少也是誇張一千倍的謊話……原因就是：她平常老是公開表示希望我和大河交往。

「我才不相信。」

「你不相信我說的話嗎？嗯，反正信不信是高須同學的自由啦～～」

実乃梨聳聳肩，微笑看著竜兒低聲說：「真是可惜了啊～～」不管妳怎麼說，不可能的事情就是不可能，即使妳是我單戀的對象也一樣。

對吧，大河？怎麼可能──沒有理由相信吧？特別是最近幾天我們的關係這麼惡劣，根本看不出她會稱讚我的樣子！想到這裡，背後突然有人出聲：

「你們覺得這件泳裝好不好？」

竜兒與実乃梨幾乎同時回過頭──

「唔喔！」

「哇啊！」

嘿嘿！映入眼簾的是偏著頭的羞怯微笑。

耀眼光芒瞬間讓人忘了這裡是寂寥的車站大樓。

乾淨的牛奶色肌膚沒有多餘毛髮，只有不真實的滑順。

「好不好看？會不會很奇怪？穿這麼樸素的泳裝，就會變得很不顯眼對吧？和男生一起上游泳課，真的有點難為情耶。」

每次緩緩眨眼，視線就會被周圍星星碎片的耀眼光芒佔據——

「那雙長腿是怎麼回事啊？妳這樣太顯眼了啦！」

——実乃梨發飆了。

不過竜兒也贊同実乃梨的意見。這怎麼看都是違反常規吧？亞美圓睜著眼睛，晃著頭髮側著腦袋，一副打心底感到不可思議的模樣：

「咦～我明明選了一件很樸素的泳裝呀？怪了，哪裡顯眼了？搞不懂耶，好奇怪喔，這是為什麼？」

幾週前還被冠上「隱性肥胖」之名的亞美，腹部已經凹了下去。大概是不再因為壓力而狂吃的關係，現在的曲線已經玲瓏緊緻到超越漂亮的水準。

稍具成熟風味的漆黑泳裝包住身體，從泳裝底下伸出雪白的長腿以及纖細柔軟的手臂。

身材苗條高䠷、小小的美麗臉蛋，加上最引人注目的眼睛——夢幻妖精的模樣差點讓人停止心跳。

這就是專業模特兒嗎……「奇怪嗎？搞不懂耶！」亞美在鏡子前面再度確認自己試穿的泳裝，竜兒與実乃梨兩人根本說不出話來。這也未免太過……完美了吧？腿太長了吧？太細了吧？太白了吧？太美了吧……実乃梨有如大夢初醒，跨前一步逼近亞美。

「川、川嶋同學！那件泳裝是哪一家的？我不是打算跟妳買一樣的，可是我也想讓自己看起來瘦一點！我也要買這一家的！」

「試衣間裡面還有很多喔～啊、不如我們就穿情人裝吧，実乃梨？」

「不了，這一點還請妳多多包涵！」

喂喂喂，我才不想被比下去呢～！実乃梨朝著亞美身穿那件泳裝的賣場狂奔過去。

「哼、哼——」

原先一直盯著鏡中人的亞美眼神突然大變……竜兒心想：「來了來了。」冷靜地站在一旁看著亞美驚人的改變。

亞美一下子決定好最漂亮的姿勢——單手扠腰，單手擺在嘴邊，然後上半身向前彎曲強調胸部：

「真是不得了，這真的太糟糕了……亞美美真是超！超！超！可愛到不行！可是……這

樣很可怕耶？亞美美這麼可愛沒關係嗎？今年好像比去年、今天好像比昨天又可愛更多更多了！到底會可愛到什麼地步、漂亮到什麼程度？就連這件泳裝——這件樸素、普通、不用一萬圓的泳裝喲！呀——如果身上穿的是可愛的比基尼，亞美美會可愛到什麼地步呀——！」

看來她滿意得不得了。

「討厭啦，連自己都感到害怕……哎呀，亞美美是不是該往寫真女星方面發展比較好？藏住這樣的好身材，不是很罪過嗎？看來是耶♡喂——高須同學，你也這麼覺得吧！」

「妳穿成這樣到處亂晃不覺得丟臉嗎？這可是店裡耶！」

「嗯～～？你在開什麼玩笑啊，高須同學～～亞美美明明是這～～麼的可愛，有什麼好丟臉的呢？看到的人算他們走運好不好！我已經開始想每個人收三千圓了喲～～啊，每看一秒三千圓好了！」

緩緩將頭髮往上攏的亞美完全拿下天使的假面具，原本冷酷透明的眼神閃著惡作劇般的光芒，單邊臉頰浮現笑容，這是自認美女之人特有的傲慢——彷彿打算捉弄人而嘟起的唇，集結了滿腹壞水的證據。

「不用說，我可是動過永久脫毛手術的喔！」

她刻意露出了光溜溜的腋下，展現她的好身材——這算是附加服務嗎？

「我說妳啊……」

「啊～～嗯，亞美美今天也是超可愛～～♡」

對著鏡子拋個媚眼，亞美的心情超級好。看來她很滿意自己完美的泳裝姿態。

然而，對於此刻的竜兒還有一件更重要的事——

「嗯……這、這件如何……？是可以穿啦，不過……」

実乃梨從試衣間的簾子後面探出頭呼喚亞美。

「什麼——哪一件哪一件？我看看我看看——！」

亞美腳下借來的涼鞋發出喀噠聲響，朝実乃梨身旁走去。咦——哪件哪件？竜兒也想喀噠喀噠走到她身邊啊！問題是不行吧……應該不行吧？

竜兒假裝正在挑選毛巾和防風眼鏡，一點一點靠近，豎起耳朵想要聽到她們的對話。

「実乃梨，妳出來嘛～～不照大鏡子怎麼看得出來尺寸合不合適？」

「咦咦？這這這這這怎麼可以！不行、不行、不行、不行、不行、不行啦！」

「反正明天也是要穿給班上同學看呀！」

「這是兩回事！呀——！」

「哎呀，這不是超可愛的嗎？真是適合妳！而且実乃梨沒有多餘的肥肉，肩膀附近的肌肉又漂亮，感覺超棒的！」

「是、是是是……是嗎？有嗎？有嗎？」

「是呀！對了，既然有這個機會，就讓高須同學瞧瞧吧！男孩子的看法也是很重要喔！喂，高須同學——！」

「呀——不要！不行、不行、不行！高須同學不准過來！不准看！」

咕……竜兒站在原地愣了十秒。既然她說不行，那我就不看。外表看來竜兒絕對沒有露出自己正與內心的色魔天人交戰，只有眼神閃著危險的青光。他的理性總算戰勝想要裝成沒聽見而走過去的打算。緊咬的嘴唇也流出鮮血——這就是紳士的證據。

感覺実乃梨已經平安回到試衣間裡去之後，竜兒才轉過身——

「奇怪了～」

「怎、怎麼了……」

亞美仍舊身穿泳裝盯著竜兒，眼神毫不隱藏內心的壞主意，表情就像在看X光片。

「原來高須同學『受不了』実乃梨的泳裝模樣呀……嗯——」

「啊？沒那回事！她叫我別看，所以……」

「你幹嘛這樣慌張？算了，隨便啦！我要去把泳裝換下來了。」

她大概是不打算聽竜兒的藉口吧？亞美脫下高跟涼鞋光著腳，直接穿越泳裝賣場。

她到底在搞什麼？現場只剩下竜兒孤零零一個人……總覺得好像……

竜兒開始注意周遭其他客人與店員的視線。一個高中男生隻身駐足於女用泳裝賣場，實

際上是一個相當危險的處境。竜兒不禁想要尋求支援，於是開始坐立不安地來回張望——

「話說回來，大河呢？」

這才注意那個平日看慣的傢伙失蹤了。試衣間分別位在這個樓層的四個角落，共計有四間，其中有一間是空的，実乃梨與亞美則在另外兩間更衣，這麼說來……走近一看，那雙眼熟的小尺寸學生鞋果然就在那裡。

「搞什麼啊？原來大河也在試穿啊！」就在竜兒這麼想時，試衣間的簾子輕輕打開十幾公分左右的寬度，有人從裡面露出臉來——果然是大河。她的眼睛骨碌碌來回環顧四周，好像正在找著什麼東西，嘴巴扁成一字形，眉間因為某些不安而緊鎖。由那個表情看來，她似乎正在傷腦筋而打算求助。

正當竜兒心想是不是應該先出個聲喊她之際——

「竜兒……」

大河發現了竜兒。明明是她先出聲，臉上卻出現厭惡的扭曲表情，不過她還是由簾子縫隙間伸出雪白手指呼叫竜兒。

一想起最近的冷戰，竜兒就覺得這回八成又沒什麼好事，不過還是回答：

「幹嘛？」

有人叫就過去，即使明明知道接下來會發生什麼事……這就是身為狗的可悲天性嗎？

「你別管，快過來……再過來一點！再過來！這邊！」

大河一臉愁眉苦臉的表情。她顧忌四周而壓低的聲音裡充滿脅迫感，拚命向竜兒招手。

竜兒遵照指示一步、再一步靠近試衣間，內心越來越在意——

「妳……該不會……裡面什麼都沒穿吧……哦！」

竜兒在不意之間遭到襲擊。

「嗚！」突然被簾子縫隙伸出的手臂拖進試衣間。試衣間的布簾完全緊閉，宛如捕獲獵物的食蟲花，瞬時一片昏暗。竜兒嚇得發不出聲音，失去平衡撞上鏡子，直接跌坐地上。

「痛……妳搞什麼啊！」

「閉嘴！你想被當成變態嗎？」

竜兒這才發現自己與大河兩人關在只有四分之一坪大小的狹窄空間裡。大河身上整齊穿著制服（並非什麼都沒穿）坐在地上：

「我已經……不曉得該怎麼辦才好了！」

「等、等、等……！」

哇啊！大河抓著竜兒的臂膀，眼眶突然一片紅。糟了！該不會是要哭了吧？

「幹嘛！怎麼了？」

兩人擠在窄小的地板上，盡量壓低聲音。竜兒拚命看著大河的臉企圖哄她：

「不准哭！否則會被櫛枝和川嶋誤會發生什麼事！」

「……可、可是！可是我怎麼樣……怎麼樣也決定不了嘛！」

定睛一看，兩人腳邊散落許多款式類似的黑色與深藍色泳裝——每一件都是翻過來，看來已經全部試穿過了。

「不過就是無法決定哪件泳裝，有什麼好哭的？啊，竟然這樣子亂丟別人的商品……」

「每件都有問題嘛！」

大河大力搖頭，幾乎快要發火了。再怎麼下去可能就要動手了。

「我、我懂了……總之妳冷靜一點，先別哭！現在是不滿意樣式？顏色？還是要我再去幫妳找其他件？」

竜兒不自覺切換成小心翼翼模式，卻換來大河更激烈的搖頭：

「不是啦！是……尺寸不合！尺寸不合啦！」

原來是這麼一回事——竜兒終於完全懂了。這個有如小學生嬌小的身材，要穿大人的泳裝恐怕是太勉強了。

「這樣的話……兒童尺寸的怎樣？」

「死也不要！不准和川嶋亞美說同樣的話！」

大河抬起快哭出來的臉，壓抑聲音低聲吼叫。

「話說回來，這類問題應該要找櫛枝或川嶋比較適合吧？」
「如果可以早就找了，還要你說嗎！可是她們兩人都找得到合身的尺寸，只有我找不到，真是太丟臉了，我哪說得出口！再說那個雙重人格的傢伙根本不應該列入考慮！」
「就算妳這麼說，我也不知道該怎麼做……啊，這一件呢？」
竜兒仔細的將商品一一掛回衣架，發現一件比其他都要小的泳裝。
「哦——這件是XS耶，應該夠小件了吧？妳要不要穿穿看？難道這件也不行？」
「穿過了。穿是穿過了，那件……算是普通吧！問題是……該怎麼說才好……就是身體的某一部分……」
她的聲音越來越小，幾乎聽不見後半部內容。
「那這件應該可以吧？如果尺寸不會相差太多，我幫妳改一下就好。啊，這件也是XS……看來不行，這件比較大。」
竜兒從十幾件泳裝裡選出特別小的三件。對大河來說，這三件都是「普通」的程度。
「那就由這三件選一件吧！這樣的話……喔！這件如何？價位不貴，材質也挺實在……嗯，應該可以用乾衣機吧……」
仔細確認洗標之後，竜兒便把泳裝遞給大河：「我覺得這件不錯！」大河也出乎意料乖乖接了下來。

她目不轉睛看著竜兒與手上的泳裝。

「嗯……也對……這件……算是最好的……」

唉……

嘆息擾動鬱窒的空氣，狹窄的試衣間裡充滿葬禮的氛圍。

——一起去須藤吧（須藤咖啡吧）坐坐吧！実乃梨與亞美的邀請卻遭大河拒絕。這麼一來，竜兒也不好意思單獨與女孩子喝茶，只好和大河一起回家。一路上大河沒有表現出不耐煩或是發脾氣，真是久違的場面。她只是輕聲低語：「你跟她們一起去就好了呀……」

＊＊＊

沒有發火也沒有不耐煩，太好了。不知為何，大河的心情似乎有好轉的趨勢。

直到下午六點半左右，竜兒才發現這只不過是自己的誤會……

「好！飯煮好嘍——」

「……」

「味噌湯也很棒。飯後還有布丁喔！」

「……」

名為「大河」的蓬鬆純棉蕾絲球完全沒幫忙準備晚餐，只是逕自滾在矮桌旁，不發一語地伸手玩弄用迴紋針夾在鳥籠上的菜葉。眼神渙散失去焦點，偶爾還會流出長嘆聲。

完全不在乎自己的長髮亂糟糟，總之大河正處於「憂鬱」狀態。

站在遠處關切的竜兒取出傳家之寶‧米糠醃漬小黃瓜，一邊沖洗一邊心想：「這樣子又會害小鸚累積壓力了吧？」

「……五、揪？」

小鸚輕輕把大河正在玩弄的菜葉往籠外大河的方向推。剛才的聲音……該不會是「Would you」吧？

「……不要……」

大河靜靜搖頭。

——大河與小鸚正在對話。連鳥類都在為大河擔心，然而大河卻猶如沉入深海的屍體，渾身無力，呆呆睜著的眼睛也失去光芒。那個憂鬱的樣子看來不僅是在對自己生氣，更是放棄了自己。突如其來的憂鬱，讓竜兒摸不著頭緒……也不能說是完全不知情，竜兒大致了解原因八成是來自那些當季泳裝。但他不明白為什麼會如此憂鬱？不是已經買到泳裝了嗎？

「大、大河……我今天試著做南蠻雞（註：日本宮崎地方料理。炸過的雞肉用醬汁稍微醃一下，再淋上塔塔醬或美乃滋）喔！雖然是第一次嘗試，不過看來挺成功的……」

「……」

「我要淋上美乃滋了喲！」

「……」

還是無法引起她的食慾。昨天之前的冷戰狀態還比現在好些，再沒什麼比現在這種垂頭喪氣的氣氛還要糟糕。

「哎呀呀～遲到了遲到了～～！人家忘記今天有個女孩子要來面試～！再十五分鐘就得出門了～～！」

竜兒的母親‧泰子踏著吵鬧的腳步聲飛奔而來。

「咦？妳在搞什麼啦！來，快吃……喔！今天的服裝也很勁爆！」

「會～～嗎～～？」

聽到兒子的話，泰子「嘿嘿☆」開心笑了起來，雙手朝著天花板伸展——是打算比出泰子（YASUKO）名字的Y嗎？還微微抬起一隻腳，搞不好是固力果的標誌——連身為兒子的竜兒也搞不清楚。

泰子那副看不出三十歲的身材，包裹在純白小可愛以及短到快要看到屁股的迷你裙裡，F罩杯的豐滿胸部更是呼之欲出，在纖瘦的胸骨前不停搖晃。

抖動抖動……女人真辛苦，胸前還要掛兩個柔軟突起物……正當竜兒認真思考之時——

「呀啊！大河妹妹好色喔！竟然摸人家～～！」

原本躺在地上的大河，突然像是想到什麼而直起背脊、挺起上半身，伸手撫摸泰子抖動不停的胸部。

「大河！不准對人家的親生母親性騷擾！」

「呀啊～沒關係、沒關係，小竜！因為大河今天總算不恐怖了，泰泰好開心喔～～！嘿嘿嘿嘿！」

抖動抖動抖動抖動——大河不停觸摸泰子彈性十足的胸部，眼睛卻有如死魚般混濁。

「看起來實在太恐怖了，快住手！真是……來，快點吃晚餐，別再玩胸部了！」

竜兒硬是擠入兩人之間，俐落地將飯碗和盤子擺上矮桌。吃飯吃飯——泰子乖乖拿起筷子；大河也沉默挺起身子，渾身無力地坐好。

「開動了～～！哇～看起來超好吃的～～！泰泰最愛小竜了～～！」

高興的泰子，胸部不停抖動，嘴邊還露出完美化妝打造出的孩子笑容——

「呀啊～」

「啊！喂！」

大河又拿筷子戳泰子的胸部。

泰子拿著最貴也是唯一的香奈兒包包急忙出門工作之後，高須家裡便陷入尷尬的沉默。

大河一如往常吃完飯，一如往常懶洋洋躺在榻榻米上，專注凝視天花板與牆壁相連的邊線——專注凝視……應該說只是張開眼睛看著那裡。

竜兒洗完餐具擦乾手，一邊偷偷觀察怪模怪樣的大河。到底發生什麼事了？這傢伙沒事吧？雖然在意她的模樣，但完全沒有昨天的攻擊性，也沒有造成什麼實際傷害的行為，就這麼擺著不管也可以……

「那個……大河，妳明天上游泳課的東西準備好了嗎？有沒有毛巾？收進包包了沒？對了，今天剛買的泳裝拿來我幫妳改一改吧！」

竜兒還是忍不住開了口。看到大河那張少了血氣的蒼白臉頰，竜兒就無法默不作聲。彷佛是在樹叢茂密處看到那隻平常總愛偷吃菜的流浪貓生病，胸口充滿說不上來的心情……也不是多管閒事，也不算是同情。

「好不好？」

可是大河卻裝做沒聽見，轉過身將小小的背部對著竜兒。

「拿來我幫妳改一改吧？不是尺寸不合嗎？如果妳覺得無所謂，我就不幫妳改囉！」

大河繼續背對竜兒，僅僅是以極小音量說了一聲：

「囉唆。」

冷淡的說話方式、不願多說什麼。即使受了重傷，老虎仍舊是老虎，還是能用針尖直接刺進心臟最脆弱的地方。即使對象是竜兒，也是會受傷的。

我都這麼小心翼翼，即使不擅長也算努力了，甚至也答應幫她修改泳裝尺寸……這一切都是為了突然失去精神的大河，都是因為多少有點擔心她……都做到這種地步了，「囉唆」算是什麼回答？

「妳……」

還得包括至今尚未遺忘的積怨——不過是因為亞美的惡作劇，而讓大河目擊兩人相擁的場景，我憑什麼非要接受她帶刺的指責？而且本人完全不承認自己是在罵我，也不承認自己在生氣，還反問為什麼非得對我的所作所為發火。可是嘴巴這麼說，卻一連好幾天都用一張臭臉對著我，再加上現在這件事——

「你真的很囉唆耶……」

夠了——竜兒的雙眼有如毒蛇般殘酷瞇起，並非在詛咒這個世界快點完蛋，純粹只是理智的那條線斷裂。

「啊——這樣嗎！那我就不管妳了！也懶得理妳、照顧妳了！妳就穿著尺寸不合的泳裝游泳吧！」

「游泳課我打算請假，沒差……」

「看妳是要請假還是要幹嘛都隨便妳！我懶得管妳這樣會不會被留級！令人生氣！歸咎起來就是妳太任性了！為什麼我和川嶋抱在一起就得受到這種待遇，讓妳罵得這麼慘？妳的舉動任誰看到都會說妳懷恨在心！」

大河起身。原以為已經壞掉的機械娃娃突然站起身，讓人瞬間感到恐怖，竜兒不禁吞下了原本要說的話。

「——為什麼現在又要提起這件事？」

轉過來的那對眼睛因盛怒而充血泛紅，扭曲的嘴唇緊閉——直到張開嘴巴用雪白牙齒咬人之前，那副模樣可說是充滿廢棄人偶的恐怖……這下慘了，看樣子踩到地雷。

「不……那個……」

竜兒起身向後退，打算保持安全距離。踏！大河光著腳踩在榻榻米上，一步步朝竜兒前進，濕潤而閃閃發光的大眼睛滿溢著帶有殺氣的鮮血氣息。

「我說……竜兒……」

壓低的聲音冰冷舔舐過竜兒的脖子。

「我已經說了好幾次、好幾次、好、幾、次……我根本沒放在心上……根本沒生氣……

如果看來像在生氣，那也是因為你不斷自以為是任意猜測我的內心……你聽不懂是嗎？喂、你真的還是搞不懂嗎？喂，喂，喂，喂，喂！」

「唔……」

大河如鋼鐵戰車逐步逼近，手肘敲在竜兒的胸膛上，還以光腳的趾尖若無其事踏上竜兒的腳——這下子竜兒就無法從零距離逃走。

「喂！回答啊！」

「我要說的是……」

「吵死了！閉嘴！聽好了，把我接下來說的話銘記在心！之前的事我管他去死！那件事和這件事完全沒關係！可以嗎！」

「我要問的是……這件事到底是什麼事啊！」

「回家。」

逕自吼完想說的話，大河便匆忙甩過頭髮往玄關走去。

「妳等一下！妳以為可以隨心所欲說完自己想說的話，就這麼一走了之嗎？」

「可以！吵死了！我才不管你！」

竜兒繞到大河前面與她一對一對峙，業已犧牲的他為了阻止大河逃走，正努力揮舞雙手。反正已經踩到地雷，那麼在爆炸地點怎麼大鬧特鬧，都無所謂了。

「在別人家裡吃飯卻擺出一副憂鬱的模樣，妳以為說句『回家』就沒事嗎！到底發生什麼事？」

「去和住樓下的房東說東道西啦，這隻老狗！」

「要聊多久我都奉陪！可是我只想知道妳為什麼這麼憂鬱！」

「關你屁事！」

「為什麼討厭游泳池！」

「你給我好好聽清楚！因為我不會游泳，所以討厭游泳池！」

「可以說得這麼乾脆，就不是真正的原因！」

「嘖！」一聲的同時，大河一個踏步轉身，壓低嬌小的身體以天才舞者的姿勢衝過竜兒的身旁——至少看來是打算這麼做……

「唔哇！」

「好機會！」

這種時候，大河鐵定不負期望。

「痛……為什麼這裡會有豆子？」

大河踩到榻榻米上的豆子而跌了個四腳朝天。竜兒看準她一時站不起來，於是就一腳踏上——不是大河，也不是豆子，而是披散地面的裙子。

「大笨狗！你在幹嘛？滾開！閃開！這樣會沾到狗腳印，少把你的香港腳沾到我的蕾絲裙上！」

「妳再說我囉唆啊！」

手忙腳亂拚命掙扎的大河想要站起身來，卻被竜兒由腰部附近踏住而站不起來。只要她試著起身，裙子的鬆緊帶就會一點一點往下滑，露出白皙的側腹部與腰間，還隱約可以窺見內褲的一部分。

「怎麼這樣！別鬧了啦！竜兒竟然用豆子偷襲我！」

「少說那種破壞別人名聲的話！這個豆子是泰子早上磨手工豆漿剩下的！」

「泰泰？她有喝豆漿？」

「妳幾時開始叫得那麼親密了！啊——妳這笨蛋！」

大河究竟在想什麼？她突然就把豆子往上高高拋起之後，再用嘴巴接住……吃掉了！她把用腳踩過的豆子吃掉了！嚼、嚼、嚼，咬了三次才吞下。

「難吃死了！再一顆！」

「這不是廢話嗎！居然把豆子直接吃掉，妳在搞什麼？等一下會肚子痛喔！」

「人家想要補充大豆異黃酮！」

「什麼……」

竜兒低頭看向裙子被踩住而不斷大叫的大河，腦中突然靈光乍現。

當泰子說「從今天開始我要每天喝豆漿～」之時……

『因為泰泰在電視上看到～聽說大豆異黃酮可以讓胸部長大喔～！胸部變小的話，泰泰會很傷腦筋的，所以得先預防才行～！泰泰真是太聰明了！』

無法決定泳裝而在試衣間裡哭了起來的大河——

『問題是……該怎麼說才好……就是身體的某一部分……』

大豆異黃酮……大豆……撿起來吃掉。還有討厭游泳池……泳裝憂鬱症……

「大、大河……妳……該不會是……」

「不、不要……不准！別說……不要再說了……」

大河目露害怕的眼神，緊緊抓住胸前的開襟羊毛衣，求救般地抬眼看向竜兒。緊接著便退到牆邊拚命搖頭，嘴裡說著：「拜託不要……」

可是，還是要說出口。

不把心裡想的說出口，確認是不是真的，我就沒辦法和大河繼續日常生活，所以——

「妳是……平胸嗎……？」

「咿——」

這天晚上響徹租屋的幼虎哀嚎，正是日後房租漲價，讓竜兒傷透腦筋的原因——這點當然沒有人知道。

＊＊＊

比起剛剛垂頭喪氣的樣子，大河像是脫去什麼負擔，變得神清氣爽。

在剛才的事件過後，兩人便離開高須家，徒步數十秒來到大河居住的超高級大樓。

這個房子還是一樣有品味，大河一個人住實在是太大了點。竜兒坐在沙發邊緣等待大河現身，而大河躲進寢室裡鬼鬼祟祟不曉得在做什麼，關門前說了一句：

「你在這裡等我一下，膽敢打開這扇門，我就殺了你！」

閃閃發光的時尚水晶燈淡淡照著白色與淡黃色交雜的空間，周邊異常的寂靜，與高須家的隔音狀況完全不同。可是現在這種安靜，感覺像是暴風雨前的寧靜……

「胸部大小……有什麼好介意的……？」

竜兒一邊自言自語，一邊從口袋裡取出個人專用的抹布，擦拭玻璃茶几。

從春天相遇以來，竜兒與大河共同度過不算長但總是膩在一起的生活……竜兒心想，大河老是在意一些沒什麼大不了的小事。

不久前，她才為了自己的名字、自己嬌小的身材而碎碎唸個不停，煩惱不已。相遇當時，也因為喜歡北村卻不得其門而入而趨近爆發。現在又為了胸部大小而憂鬱——大河本身就屬異常神經質，而且又生性暴戾。

有漂亮的臉蛋，又有実乃梨這麼棒的好朋友，還住在豪華大樓裡，為什麼依然不知足呢？不、這個房子也是造成憂鬱的原因之一吧？竜兒不禁嘆息。這房子對大河來說，正是自己被父母拋棄的證明。

難不成就是因為與家人之間的不合，才形成她超級不平衡的不穩定性格？竜兒也不願意追隨現今潮流，把什麼都歸罪於「心靈創傷」，然而情況卻教人不得不這麼想。

易怒、憂鬱、情緒不穩定、動不動就哭，還剛罵完人，下一秒就馬上向對方求救——這隻掌中老虎真是無藥可醫。可是竜兒就是無法放下這樣子的大河不管，也無法離開她的身邊。這一點是學校那些傢伙——認為大河是肉食性動物，可以丟到荒野的那些人，永遠也無法理解的境界。

竜兒心想，自己非得改變態度不可。在連桌腳都擦得閃閃發亮之際，他在心裡下定決心：這次我一定要陪著這隻不穩定且鬱悶的老虎。

我是龍，妳是虎，兩個人永遠是一組……過去還曾經做過有點誇張的約定。竜兒果然沒辦法放任大河不管，所以這件事他也要認真地從精神層面下手支援才行。

對了，胸部大小才不是問題，有問題的是妳的心，對吧？

「竜兒……」

「哦……？」

「怎樣啦……」

「啊啊……嗯……」

不、這這這……果然……可是……

竜兒因震驚過頭而從沙發上跌了下來，反而看到更加衝擊的畫面。

大河剛從寢室門裡走出來，為了向竜兒證明自己真的很煩惱，換上了今天剛買、連價格吊牌都還沒拆掉的深藍色泳裝。

長及腰間的長髮柔軟包著過於纖細的身體。

間接照明突顯出閃耀珍珠色的身體。

大概是因為身型嬌小，所以大家便自作主張，覺得她的體型一定和小孩子一樣，沒想到竟有意想不到的小蠻腰，這才知道她的身材不是只有纖瘦而已。

「你在點什麼頭……」

情緒低落的表情雖然一片晦暗，但是玻璃工藝般的纖細美麗臉龐看起來更加精緻。泳裝打扮的大河，有著讓人想要把她當成人偶擺飾的造型美。

話雖如此——

「好像……的確……很平……」

大河的胸部就壓在厚重的泳裝下面。雪白的胸口附近到鎖骨下方，隱約有一點隆起的樣子，看來也不是完全沒胸部——那大概就是被壓扁的胸部。造成大河「平胸」的原因應該不是胸部本身的大小，而是太過柔軟所致吧？

從腋下到背部的泳裝曲線看不到應有的隆起，使得她只要稍微一動，就有整件脫落的危險，讓人不禁感到可悲。簡單說來，「身體的一部分」就是泳裝怎麼樣也不合身的原因。

「胸墊呢……？」

「已經放進去了，可是……哈哈哈，凹……凹下去……哈哈……」

大河一邊使用「面無表情的微笑」的特殊技能嘆息，一邊坐進北歐知名設計師親手製作的皮革椅子裡。竜兒注意到一件奇怪的事情——

「嗯、咦……」

竜兒原本想要認真探查導致大河看來平胸的原因，卻發覺自己無法正視大河。

裸露在外的純白肌膚、宛若華麗玻璃器皿，教人連捧起都害怕弄碎的纖腰、瘦卻不骨感，充滿女人味的身材，都讓竜兒起了一股連自己都感到害怕的異樣情緒。

用這種眼神盯著她是一種褻瀆——我不能做出這麼過分的事，太可憐了。竜兒打算將自

已束縛在「不能盯著她」的繭裡。

「很平吧？我沒什麼胸部……所以才討厭游泳池……」

大河低沉的聲音也是左耳進、右耳出。

這麼說來，在車站大樓看到的亞美泳裝姿態的確比較美。身材棒，整體外形也很洗練，確實令人心慌與妄想，卻沒有此刻的恐怖情緒。或許是因為亞美雖然正在休息，還是一位人氣模特兒，讓人觀賞也是工作內容之一的關係？又或許是因為亞美漂亮過頭，反而缺乏真實感的關係？可是可是、問題是問題是——

「竜兒？你有在聽嗎？」

目不轉睛盯著自己的大河，就是讓人充滿感觸的真實存在。似乎一伸手就能夠輕易抓住的三十六度體溫……

「總……總而言之，妳先去披件衣服吧，不然會感冒。」

聽到竜兒的話，大河點點頭，回寢室去拿浴袍。看到暫時關上的房門——

「啊、啊、啊、啊、啊……」

竜兒用雙手搓著臉——到底是怎麼回事？為什麼會出現這種莫名其妙的心情？而且還有一股相當強烈、強烈到渾身顫抖的罪惡感……明明什麼也沒做呀——到底是什麼原因？

去年之前，我可沒這麼煩惱——大河套上浴袍之後開口說：

「……更正確地說，是根本就沒注意到自己是平胸，因為國中沒有游泳課……」

竜兒總算從謎樣的異狀中重新振作，認真聽著大河說話。這裡雖然是大河家，然而去泡茶和拿點心的人，卻是竜兒。

「去年我就跟平常一樣進了游泳池。可是就在最後一堂游泳課後，看到某個東西……其他班的男生偷拍了我的泳裝照到處流傳。」

「原來如此，竟然有這種人……」

「我當然直接殺進他們的大本營攝影社社團教室，掀起一陣腥風血雨……」

「也就是說，瞬間瓦解攝影社的人就是妳嗎……」

「這是當時沒收的照片……看了這個，我想你應該能夠明白我的悲傷。」

若無其事的竜兒接過大河遞出的照片，將照片翻至正面一看——

「哦——！這太過分了！」

「嗚嗚嗚……」

照片中的大河留著比現在短的頭髮，在後腦勺綁成一團，一臉無趣地站在池畔。泳裝的胸部上以油性麥克筆拉了一個箭頭，不曉得是拍照的混蛋寫的，還是賣照片的混蛋寫的，總之旁邊寫了「可憐胸」三個字……

「可憐胸……竟然被說『可憐』！那時候我才注意到！原來我的胸部平到可憐！」

「這……妳等一下！這不過是寫的人的個人想法罷了……」

「才不是！我照了鏡子之後也覺得，怎麼會平到這麼可憐啊！嗚嗚，討厭～」

大河沒用地哭了起來，接著趴在餐桌上：

「我非得在北村同學面前露出這麼可憐的平坦胸部……現在幾點？已經過九點了？再過十二個小時就要上游泳課了……我不要……不要啦……」

竜兒的雙眼發出有如刀刃般的可怕光芒，一語不發。不是在計畫如何偷襲穿著清涼的大河，而是在靜靜思考——

「我知道了，我會想辦法的。」

「咦……？」

大河抬起頭，正好與竜兒正面相對。他對大河重重點頭：

「我不是說過會幫妳修改尺寸嗎？我有一個妙計，妳把泳裝脫下來借我一個晚上。看來是得開夜車了，不過我一定會讓妳能夠在北村面前抬頭挺胸！」

「竜、竜兒……」

此刻在大河圓睜的眼中，幾乎一個星期沒見的無防備光芒又回來了。眼睛毫不懷疑地看

著竜兒，彷彿孩子般天真地眨了眨：

「你說真的嗎？為什麼要幫我……？」

「我不是說過了嗎？我是龍，妳是虎……就是這樣。」

——我怎麼可能告訴她，全因為我剛才冒出莫名其妙的想法，所以要贖罪吧！

＊＊＊

「夠了，妳回去睡吧！」

「不要，我要在這邊等你完成。」

兩人再度回到高須家，在狹窄的２ＤＫ裡交換久違的認真對話。不……單單說是「認真」好像還不夠。

「在竜兒完成前，我都要醒著等你。我先去打電動好了。」

「大河……妳……」

大河給了竜兒一個無比溫柔的眼神，這似乎不能只用認真來解釋。在與亞美發生那件事情之前，大河也不曾有過這麼貼心的發言。

而且還有——

「好像……我是說好像……是我一直鬧情緒，變得怪怪的……真是……對不起……」

——就算再怎麼麻煩、再怎麼想要棄之不理，一直小心翼翼守護的蛋總有一天會破，孕育出可愛的小鳥。這種有如母鳥的溫暖感慨，刺激了一向無法抵抗家庭溫馨連續劇的竜兒淚線。更棒的是，這股感慨也漂亮洗去了竜兒心中僅存的微量罪惡感。

結果過了半夜三點鐘，竜兒仍使出渾身解數繼續縫紉作業。

「咦……？等一下！咦——？這是什麼？好厲害啊！」

「竜兒，專心做你的工作啦……」

竜兒偶然回頭看到的電視畫面裡頭出現的是連看都沒看過的「36連鎖」（註：在落下型益智遊戲裡，只要能夠達成消除條件就可以一直連鎖下去）幾個大字。

3

「昨晚我洗澡時才注意到肚臍看起來好髒……就拿姊姊的棉花棒沾了點油清理一下，結

果反而弄得紅通通的……這樣看起來會不會很醒目啊？喂喂，小登！我的肚臍會不會看起來很髒啊？」

「沒有人會去看肚臍的啦！我比較慘吧——你不覺得我的腋毛又長又濃嗎？即使不張開腋下也能看得一清二楚，這樣不是很怪嗎？我還用剪刀剪掉乳毛了！高須，你的腋下借我看一下！」

「別鬧了啦……你們一點也不奇怪好不好！再說肚臍和腋下都有辦法掩飾……我最近比較在意的是……你們不覺得我的乳頭很黑嗎？曬過太陽會不會變得更黑啊？」

啊～

三名高中男生排成一列：輕薄的長毛男春田、以毛巾包著黑框眼鏡帶著走的能登，還有目露凶光的竜兒——正以野獸眼神，盯著所有泳褲男同學的乳頭——他不是想要上前揪住他們，只是在比較自己與他們的乳頭顏色。

三個到了這個年紀的男孩子，各自抱著對身體的自卑感——

「唔哇～～好像很冷……」

學校規定進入游泳池前要先淋浴，所有人面對蓮蓬頭站成一排。

自來水從蓮蓬頭宣洩而出，水花飛到腳上，讓人冷得起雞皮疙瘩，可是又不能不沖。

「唔唔唔唔唔唔唔唔！冷斃了——！」

冰冷的自來水毫不留情灑在竜兒只睡不到兩小時的睡眠不足肌膚上。其他人不曉得怎麼了？竜兒拚命打開薄薄的眼睛看向兩邊——

「最重要的就是把胯下洗乾淨對吧？那這樣不就得了？」

春田努力避免身體碰到水，只拉開泳褲讓水往裡面沖，一邊縮著身體一邊亂叫。至於另一邊的能登則是——

「噫——冷死了！記得小學還有人說，絕對要在冷水蓮蓬頭下修行！」

嘴唇發黑的人，居然還有閒情逸致述說懷念往事……就在這時，在能登的隔壁——

「只要靜下心來，淋浴也是暖的！南——無——阿——彌——陀——佛——」

「有啊！在高中也有！」

姑且不問他為何還戴著眼鏡……總之，班長北村祐作正有如忍者一樣打著手印，站在蓮蓬頭下。真是笨蛋啊……竜兒不知不覺也和其他人一樣，站得遠遠冷眼旁觀這個也算是他死黨的北村。

「啊，眼鏡眼鏡！」

蓮蓬頭的水勢把眼鏡沖掉了。愚蠢的修行僧彎下腰來，追著被水沖向排水溝的眼鏡——

大河，妳真的喜歡這個男人嗎？

可是男性眼中的北村，似乎與女性眼中的北村截然不同。

「哇——真舒服——！」

「啊、丸尾丸尾——！秀一下臂肌給我們看看——！」

「臂肌？這樣嗎？」

呀——！女孩子開心的歡呼聲在湛藍的耀眼夏日下閃閃發光。

天氣絕佳！

游泳池的水面閃著盈盈波光！

夏天！

夏天到了——！

「有那種感覺的……只有那邊……」

「嗯，這邊好冷啊。六月天就開放游泳池，會不會太早了……？」

陰鬱三人組並肩坐在池畔，一邊看著光輝耀眼的女孩子以及被層層包圍的北村，一邊啪沙啪沙踢著水，任由稀疏的腿毛浮在水中——這間學校的游泳課大部分都是自由活動，想要游泳或是瑟縮在池畔，都不會有人有意見。

在這群瑟縮男的視線前端，圍繞在北村身旁的女孩子笑得更加開懷：「你的腹肌好棒喔！」「沒錯沒錯！」可能是參加社團活動的關係，即使遠遠看去，仍然看得出北村的上半身相當結實。穿著制服時的身材就很好，不過脫光之後又是完全不同的味道。再加上拿下眼鏡之後的端正長相，以及在夏天炫目陽光照射下偶爾瞇起的眼睛，整個人感覺就是很棒。

「丸尾不戴眼鏡比較好看耶，改戴隱形眼鏡嘛！」

木原麻耶抓著海灘球漂浮在游泳池裡，對著池畔的北村露出開朗的笑容。

「我今天也沒戴眼鏡呀……偶爾我會覺得，自己在女孩子面前好像透明人……有看到我嗎？我真的在這裡嗎？」

「比起讓人感到害怕而閃避的我，你的狀況還算好吧？」

「好了好了，你們兩個，別一副參加葬禮的死人臉好不好？」

坐在正中間的春田像是要傳給左右兩人一股力量，動手摟住兩人的肩膀。而在這群噁心黏在一起的男子組前方——

「呀——！討厭！住手——！」

「啊！好冰喔！」

綻放的笑聲、飛濺的水花、還有女孩子們的歡樂喧鬧聲。

用手潑著水開懷大笑的麻耶用髮夾將長直髮輕輕夾起，散落的頭髮糾結在濕漉漉的後頸部，看來真是美。身上穿著黑色的吊頸式泳裝，露出整個背部。纖瘦的肩胛骨與背骨的凹陷

沐浴在陽光下，閃爍著金色光芒。
「……83分！」
「喔！出現了，小登這麼快就給了80以上的分數。嗯～85！」
「你們真喜歡木原耶！我的話……77分。」
「這麼低？唉，因為高須不喜歡辣妹型的啦！」
「與其說不喜歡……我覺得那種型很可怕……」
啊——我似乎能夠理解那種感覺！竜兒的朋友也對此表示認同。其實從旁看來，最可怕的人就是竜兒！但這個缺點似乎被友情所彌補……這時出現在六隻眼睛前的是——
「不戴眼鏡的話，丸尾就不像丸尾囉！我覺得丸尾比較適合戴眼鏡。」
2—C兩位醒目組女生的另一位，麻耶的死黨‧香椎奈奈子說話了。她正在池畔悠閒散步，走到北村身旁停住。
「咦？香椎不下水呀？」
被班上女生稱為「丸尾」而疼愛有加的貴族——北村開口問道。奈奈子搖了搖頭，以只能用優雅來形容的姿態：
「我在擦防曬油時正好被老師看見，所以老師說我今天不准下水。真是倒楣。」
奈奈子沒打算要下水游泳，所以捲髮直接披散在肩膀上，連唇邊的那顆痣看來也是風情萬種。奈奈子的身材比麻耶稍微豐腴一些，柔軟的身體曲線穿著兩側肩帶綁成蝴蝶結的紫藍色泳裝。

「好想把它解開！86！」

「好想把它解開！81！」

「看來像是綁起來的蝴蝶結，但我想應該是縫死的吧……85。」

嗯嗯嗯嗯，三人互相點了點頭，相視而笑——即使裡面混了一位眼神危險度超越普通色狼的傢伙……

接著——

「啊，亞美來了！不會吧——超可愛——！好瘦喔——！」

「麻耶對不起，頭髮一直弄不起來，所以才會這麼晚。」

春田拚命向前傾。

能登拿出毛巾裡的眼鏡戴上。

為了兩個朋友，竜兒以微妙的表情稍微將身體往後退。

「好開心喔！人家最喜歡游泳了！這可是和大家成為朋友之後，第一次一起上游泳課呢！值得紀念！我一直很期待喲！」

現身池畔的亞美以有些內八的姿勢站著，露出天使的無邪笑容對游泳池裡的女孩子誇張

地揮舞雙手。

包在昨天新買的黑色泳裝底下的身材，完美的彷彿是理所當然，讓在場所有人的目光瞬間射向亞美。

「我覺得……好感動！」

「簡直就是仙女下凡！」

春田與能登兩人偷偷躲在一旁鼓掌，只有竜兒在發呆——

『哼哼——嗯！亞美美今天也是超級宇宙霹靂可愛！來吧，愚蠢的人類！我允許你們趴下來迎接天使降臨！舔我的影子吧！這對你們來說就是最大的恩賜吧？啊哈哈哈哈哈！』

他腦海裡的亞美真面目鐵定是這副德性。

亞美的外表當然沒有任何破綻，絲毫沒洩露出內心的想法：

「啊——好想游泳喔！搬到這裡之後就沒上過健身房了！讓我痛快地游個過癮吧！」

亞美的動作如芭蕾舞者一般優雅，在她伸展過手臂和雙腿之後，便迫不及待地在眾人注目下朝跳水台走去。

「啊！喂，亞美，暖身運動要確實地做！」

「知道啦，祐作真的很囉唆耶！」對於青梅竹馬的忠告，亞美只是簡單回應。

「唔——哇！帥呆了——！」

春田會發出讚嘆聲也是理所當然的——亞美以漂亮的滑行姿勢投向水面，原以為她會在水中站起身來，沒想到她瞬間加速，以超完美的泳姿一口氣游完25公尺。輕鬆的模樣說明她已經習慣游泳，再以過度華麗的觸壁小轉身，改用蝶式游回來。

連竜兒也不禁看到入迷。海豚般的速度、絕美的泳姿，甚至就連濺起的水花也有如寶石閃閃發光——

「啊哈！哇——沒帶蛙鏡眼睛好痛！」

亞美輕輕喘口氣之後離水上岸——

「咦？討厭討厭，怎麼了？」

全班同學一起用力鼓掌。亞美睜大眼睛，偏著頭露出困惑的樣子——她很清楚這是對她剛才游姿的讚賞。

「咦——？真是……大家別這樣啦～好丟臉喔～！我只是每天都上一下健身房游泳而已～！我才想向溫柔的各位鼓掌呢～！」

亞美滿臉通紅地拍起小手，又惹來一陣稱讚——「好可愛～！」「好溫柔～！」「亞美好像天使～！」

「哎呀——真的！能和亞美同班真是太幸福了！對吧，小登！對吧，高須！高須，你的眼神為何如此飄渺……？」

「沒、沒什麼，不知不覺就……」

「不過啊——游泳池真是好地方！」

眼鏡上濺到水滴的能登，突然笑容滿面地「啪沙啪沙」踢起水來。有如在贊同他的發言，春田與竜兒也啪沙啪沙踢起水來。

「真是好地方！」

「真是好地方！」

——夏天總算到了。

這就是學校游泳課的情況，可以說是再也沒有比這更快樂的課了！也可以這麼說，這就是它的醍醐味呀！

平日只能看到身邊的女孩穿著制服的模樣，她們的身材如何？平常看不到的胸前、大腿內側、屁股下方還有腋下……這些部位究竟是什麼樣子？一年之中也只有這個時期，人人都能夠平等合法地享受。特別是這間學校的游泳課幾乎都是在玩，沒有麻煩的考試也不用依照能力分班上課。能夠悠閒度過體育課時間，對大部分學生來說是再快樂不過了。

話雖如此，班上女生並非只有亞美、麻耶和奈奈子。

「唔嗯……10、10、15、20……那群的水準真低啊！再加油一點吧——」

還有——

「55、54……嗯──48。為什麼可愛度同一級的女孩子就是會集結在一起呢？總之，這一群算是平均水準啦！」

至於我們的工作，就是負責在一旁惡毒地講評與評分。

「話說回來，戀窪跑來這裡幹嘛？她不是英文老師嗎？」

跟著能登的視線看去，果然看到班導戀窪百合（29歲．單身）身穿運動服，撐著洋傘、手套、帽子、太陽眼鏡，阻隔紫外線的配備一樣不少。現在正混在一旁觀看的女孩子裡，望著游泳池的騷動。春田抬頭看著她的模樣，稍微笑了一下。

「百合八成是鎖定肌肉黑吧！」

春田用下巴指指綽號驚人的單身男性體育老師（34歲．本名叫黑間什麼來著……想不起來）。肌肉黑躺在游泳池畔，看樣子他正專心地把肌肉曬得更黑。而單身班導太陽眼鏡後方的視線，確實是望著擦了油而閃閃發亮的可靠背影……應該是吧？竜兒不禁嘆息。

「真是拚命啊！不過這麼說又覺得太可憐了……」

「很可憐吧！根據我的祕密情報，百合的生日是九月。一個月交往、一個月訂婚、三十歲之前結婚──她似乎是這麼打算的……也沒必要這麼趕吧？而且對象也不一定要是肌肉黑呀！如果百合跟我說：『春田同學，請和我交往！』我應該也會答應喔！」

「總覺得戀窪的拚命跟春田的妄想讓人開始熱了起來！我們也去游一游吧，高須！」

「別這麼說嘛～我也要去游！」

差不多該去冷卻被太陽曬熱的皮膚了。三個男生跳進游泳池裡——剛剛都還覺得冷，現在卻感覺溫度剛好。大概是多虧班導熾熱的視線，或是愚蠢朋友的發言吧！

「好——來比潛水吧！我們潛水到對岸！最後一名要請喝果汁！」

「沒問題！來吧來吧！」

「那麼開始囉！預——備——！」

就在準備潛入水裡的那一秒——

「噗！」竜兒背叛了朋友，吐出原本滿滿儲存於肺部的空氣。雙手緊緊抓住游泳池邊緣，也沒有轉頭去看正在潛水的兩人，圓睜的雙眼閃著危險邪惡的光芒。不是興奮劑效果過了，而是她終於來了。

竜兒的心情應該沒被任何人發現。

其實他從剛才就一直不斷找尋……

他一直掛念——怎麼不在呀？

「啊、高須同學——！怎樣怎樣？水會冷嗎？」

噠噠噠噠跑過來的，是比太陽還要令人目眩、最適合盛夏的絕讚笑容——

「小実！別用跑的！等一下頭髮又亂掉了！」

大河跟在她身後，像中國娃娃一樣，將長頭髮弄成兩團綁在耳朵上方，泳裝外還披著白色運動外套。大河在發現竜兒之後，若無其事地輕輕點頭，竜兒也跟著點頭回應，一邊確認著昨天晚上趕工製作的「那個」是否使用順利。

話說回來，現在可不是作這種事的時候。実乃梨正在對竜兒笑喔！她揮著手，看來宛若停格動作，閃閃動人地往這邊跑過來。

頭髮綁成高高的馬尾，身穿正統深藍色泳裝。根本就不需要減肥嘛！腰部漂亮緊實，泳裝底下也有著極具分量的胸部。四肢或許是社團活動的關係，從二頭肌到手指、膝蓋到腳踝（襪子上面）都帶了一點小麥色。

「哈哈哈哈──！我打算繞游泳池跑一圈當作暖身運動！」

「唔喔！」

在竜兒陶醉的熾熱視線前方，実乃梨一副準備要繼續跑的樣子，卻突然轉往游泳池直衝。啪沙──！臉上仍掛著笑容的她，就直接掉進水裡，激起大大的水花。

「小、小実！」

看到這一幕，就連大河也不禁目瞪口呆。

「啊哈哈哈哈哈──！真舒服──！」

実乃梨從水中抬起臉來，輕輕舉起一隻手，對著身旁同在一個游泳池裡的竜兒打招呼：

「喲！」

「大河，手借我！我要上去！」

「嗯、嗯！」

「騙到妳了！」

「啪！」原本正要從游泳池爬上岸的実乃梨突然放開大河的手，再度背朝水面跳進水裡，或者該說是……再度摔下去。

「啊哈哈哈哈哈哈——！」

実乃梨像潛水艇一樣急速浮上水面，毫不在乎頭髮變得亂糟糟，由衷開懷的大笑。這就是昨天那個為自己的泳裝打扮感到自卑的実乃梨嗎？

似乎是聽到了竜兒的心聲，濕淋淋的実乃梨朝著竜兒豎起大拇指——耶！

「嘿嘿——高須同學！我想到了——只要進了游泳池，就不會有人看到肚子了！所以我要去游泳了！掰！」

実乃梨游著亂七八糟的蛙式走了。

「這……這是怎麼一回事……？」

竜兒不禁呆呆的目送她離開，然後才突然想到——自己才看了兩秒的泳裝版実乃梨！而且，因為突然出現讓竜兒大吃一驚，就連那珍貴的兩秒畫面也只剩下含糊的記憶。

「慘了……」

「真是沒用的表情……果然是大色狗！」

回過神來，披著運動外套的大河如雕像一般坐在游泳池畔。

「好冷……」

雪白的腳趾才稍微碰到水，她就嘟起嘴來。對著那張臉，竜兒不禁——

「嘿！」

「喵！」

雙手變成水槍朝大河噴水——這是竜兒在小學六年級所開發的超高壓高須型水槍。大河的眼睛眨個不停，拿起運動外套的袖子擦拭濕透的臉，口中大叫：

「笨、笨蛋在幹嘛！」

「難得可以游泳，不要擺出那副無趣的表情啦！」

「少管我！我就是討厭游泳池！」

大河上下擺動白淨的腿，濺起水花襲向竜兒……這應該算是兩公尺高的水柱吧。

「噗哇！住手！」

「耶！這是對剛剛的報復！」

悠閒坐在游泳池邊，這算什麼報復？

「給妳好看！」

竜兒突然用手朝大河潑水，大河快速閃身避開。

「喔噗！」

不知何時站在大河身後的北村，不小心代替大河承受這一擊。

「水跑進鼻子裡了！嚇我一跳，你們兩個又在打打鬧鬧了嗎？」

一旁的大河——

「大、大河？」

單戀的對象突然穿著一條泳褲登場，而且身材結實得連男生都羨慕，再加上拿掉眼鏡之後的臉，帥氣到教人無法直呼他「丸尾」——大河突然將運動外套的帽子戴起，拉鍊拉到鼻子底下，扭捏不安地晃動身體，連聲音都發不出。

「咦？怎麼了？逢坂……應該是逢坂吧？沒戴眼鏡看不太清楚，不過看這個身材應該是逢坂吧！為什麼要把頭藏起來呢？我才正想說那個髮型好像小老鼠，很好看呢！怎麼了？身體不舒服嗎？」

幸好他看不清楚大河痛苦翻滾的模樣，大河才得已拚命扭動身體。

「沒事、沒事。」

大河不停重複這句話，甚至還說出「你走開！」——事後鐵定會後悔。

「啊？我是不是說了什麼不該說的話？為什麼對我這麼冷淡？高須，我有什麼不對的地方嗎？說來聽聽吧。」

大河連北村難過皺眉的樣子都沒發現——應該是說帽子害她看不見。竜兒站在游泳池中只能「不清楚」聳聳肩。

「夠了！別管我！別管我！」

大河更加激動地扭動身體，宛如被切下魚翅而在甲板上大鬧特鬧的鯊魚。最後北村終於被她趕走了。

「啪沙——！」大河用游泳池的水洗著自己火紅的臉：

「唔哇——————！我還以為會死！」

「啊——妳在搞什麼啊？這麼難得的好機會卻沒和他說話？等一下妳又開始胡亂抱怨，我可不管妳！」

「不要！因為因為因為因為……很不好意思啊！」

洗臉！洗臉！雙手毫不猶豫將水潑在自己臉上，連瀏海都弄得濕淋淋。

「……嘿嘿嘿，他說我的頭很可愛，對吧……？」

「他沒有說可愛，而是說好看。」

「他說了好看，對吧……嘻嘻……」

「他不也說了，自己沒戴眼鏡，所以看不清楚嗎？」

「他說好像小老鼠……小老鼠就是可愛的意思吧？呼呼！」

大河雙手輕輕握住左右兩邊的頭髮，歪著頭微笑。臉上的表情像隻愛睏的貓咪。因為戴帽子的關係，把好不容易綁起來的髮型弄亂了，不過大河現在沒時間去在意那種事。

唉——竜兒搔搔頭。即使夏天到了，游泳池開放了，大河還是一樣沒變。

不過，至少很和平啦！

水面閃耀藍色光芒，友人的歡笑聲響徹游泳池。

天氣晴朗，無風。

越來越感覺到夏天的腳步到來。

這樣就夠了。竜兒悄悄看著因在意瀏海而伸手去摸的大河——嗯，點點頭。果然還是這種生活最棒。

大河陷入迷戀北村的痴呆狀況中；実乃梨則是……在另一頭學著鱷魚游泳，嚇嚇那些正在玩海灘球的麻耶一群人；被趕走的北村手裡拿著點名簿正在和肌肉黑說話；春田與能登看向大河，嚇得不敢靠過來；班導仍然以熾熱的眼神凝視肌肉黑……咦？亞美怎麼不見了——

「哎呀～逢坂同學？妳總算出現啊？我還以為妳一直不現身，該不會是因為泳裝穿起來鬆鬆垮垮很難看，而不敢出來見人呢～～！」

……在這裡。

濕淋淋的頭髮擰成一束，全身上下不停滴著水——亞美在太陽底下露出微笑的樣子簡直就像防曬油廣告——可是甜膩膩的語氣真是討人厭。

痛苦的竜兒盯著她們——難得的和平日子又被老虎與吉娃娃的陰險對決給破壞了。

「泳裝的大小？什麼？妳在說夢話嗎？還沒睡醒啊？」

大河瞬間恢復冷靜。眼神仍舊充滿侮蔑，不過嘴角卻露出悠然的笑容。沒錯！現在的大河再沒有什麼（與泳裝有關的）煩惱了。

「算了，傻瓜就是會說些蠢話，再說我也覺得有點熱了，就把外套脫掉吧！」

大河站起身，脫去披在嬌小身體上的運動外套。

以驕傲的模樣抬頭挺胸，纖細的四肢曝露在陽光底下——個子雖小，卻有如精緻的人偶一樣均勻，沒有多餘的贅肉。擁有凶猛老虎之名的大河，身上只有一件危險的薄薄泳裝——

全場安靜了數秒鐘。

全班同學的口中終於出現「喔喔喔喔喔」彷彿地底發出的呻吟聲——竜兒可沒漏聽。

唔！亞美噤口。班上同學偷偷摸摸的將視線全都集中在大河雪白的肌膚上。

大家一定都和昨天之前的竜兒一樣，誤會了大河——掌中老虎那副模樣，脫了之後鐵定跟小孩子沒什麼兩樣！不過就是瘦、就是個子小，一定又平又沒看頭，教人流下同情之淚！

可是，你們給我看清楚！

「哎呀——真不想曬太陽……會被曬黑耶！」

帶著憂鬱的低垂眼睫毛，在臉頰上落下影子。轉身的腰部、柔軟伸展的背部、膝蓋以下交疊一起的長腿，處處都是纖細瘦長。但是瘦歸瘦，又確實浮現女性特有的曲線。還有——怎樣！怎樣！那個胸部！竜兒的單邊臉頰上，也不禁浮起即將面臨處刑的笑容。

超完美的成果！

不能說大，不過也絕對不小。總之泳裝就是自然隆起，左右各自形成完美的碗狀。一臉若無其事的大河也得意地挺起胸膛，晃動柔軟的胸部。

其名為：「假奶墊」。這就是高須竜兒連夜趕工的最棒傑作。

竜兒從泰子不穿的衣服上拆下胸墊，微妙調整厚度、剪出流暢的曲線之後再重疊、一針一線仔細縫合，以連專家都佩服的完美運針讓它完全不綻線，再用暗扣輕輕固定在泳裝裡。由於成品實在太自然了，連大河試穿時都忍不住感動到臉紅，還對竜兒發誓，結婚時一定會帶著它一起嫁過去。那已經是凌晨四點黎明時分的事了——

「什麼嘛——不過就是普通身材嘛，真無聊！總之，比例還是太小了啦！」

亞美低聲地說，似乎打從心底感到無聊，瞬間露出黑心的本性。「真是笨蛋！」大河轉開臉背對亞美。

「幹得好……」

大河對竜兒作了小小的勝利手勢，竜兒也在水裡擺出勝利姿勢。

周圍隱約可以聽見男同學的低語聲，他們都看過大河去年那張「可憐胸」的照片吧。「相隔一年竟然能夠成長到這種地步……」「順利地確認胸部長大了……」「我果然比較喜歡老虎……」等等，看來成功騙過所有人。大河難得心情變好，臉頰鼓出無邪的笑容，再度坐回池畔，只把腳伸入水中：

「竜兒，教我剛剛那個怎麼弄！就是剛剛噴水的那個，我也要對小実試試看。」

大河在竜兒面前握緊雙手——她是在說剛才的水槍吧？

「喔！妳先將兩手緊緊握在一起，然後伸進水中……」

「這樣？」

大河乖乖照著竜兒所教交握雙手，身子向前彎，將手伸進水裡。真是笨啊——竜兒瞄準靠近的臉——

「這樣！」

咻！噴水。

「唔噗……你這傢伙！」

大河用手背抹了一下濕答答的臉，然後瞪著竜兒：

「好……沒關係，看我回敬你！待在那邊……別動……」
大河也學竜兒輕輕鼓起雙手，接著用力一壓——咻！將手裡的水噴出去。
「唔噗！」
結果噴在自己的臉上。真夠笨手笨腳，這種程度已經算是蠢了吧？竜兒忍不住笑了出來，趁勝追擊。
「是這樣啦、這樣！為什麼不會呢？這樣！」
「呀！等一下！唔噗！竜兒！你不要以為可以……啊噗！」
雖然大河拚命閃躲，可是因為睜不開眼睛，也站不起來，只能以手擋著臉。搞不好這是自己這輩子第一次勝過大河喔！
「妳看妳看、是這樣啦！」
可是，驕者必敗——
「喂！不要欺負大河——！」
「噗哇！」
「咚！」鼻子遭受到前所未有的重擊——水從鼻子跑進喉嚨，竜兒花了幾秒才注意到那是如子彈般襲來的水，又過了好幾秒才發現，那是由有段距離的実乃梨所發射的。
「呼哈哈哈哈！怎麼樣？這就是櫛枝家密傳的水槍威力！」

「剛、剛剛那是怎麼辦到的？超痛的耶！」

「我才不告訴欺負大河的人——咧！」

「耶——！」実乃梨比出一個V手勢，便靈活游向游泳池中央最深處。不愧是稱霸關東的瘋狗……不，是因為她超強的臂力，以及對所有運動都拿手的關係。

「小実，謝謝妳幫我！」

大河眼中閃著熱情的光芒，對解救自己的実乃梨綻開微笑，可是実乃梨只瞄了大河一眼，馬上咧嘴一笑——

「假奶特戰隊……」

——只留下這麼一句話便潛入水中，就像潛航的鱷魚。可疑的身影遠去之後——

「被、被識破了……」

「不愧是小実……」

竜兒與大河心中不禁升起兩人手牽手、肩並肩，佇立在池畔顫抖的畫面。

這時候游泳池的另外一頭——咚！水花狂舞。嚇了一跳的竜兒轉頭一看：

「哇哈哈哈哈！怎樣！怎麼可以只有你自己受歡迎！」

「我們對於這種差別待遇的世界感到不服！」

能登&春田兩人正在池畔狂笑。被大河趕走而傷心（？）的北村總算從水裡探出頭來：

「咳咳！你們兩個……！別逃！輪到我反擊了！」

北村在水中划了兩下就到了池邊，瞬間爬上池畔，抓住企圖逃跑的能登，不顧自己班長的身分將能登高高舉起，準備施展摔角的背摔。

「住住住住手！眼鏡、眼鏡……唔哇啊啊啊啊啊——！」

「這就是夏天！我摔——！」

北村毫不遲疑地挺起胸膛，抓著能登背對游泳池摔了下去，掀起了一道超大的水柱。同時在另一頭，春田也被其他人捉住，雙手雙腳動彈不得，只能乖乖被拋進游泳池——

「你也下去吧，地獄搖籃——！」

啪沙！

「來吧來吧、祭典開始了！」

「統統下去啦！」

沒一會兒游泳池畔就變成人間煉獄——掉進池裡的人被撞飛、爬上岸的人被踢下去。

「呀——！住手住手住手……不要啊——！」

就連決定要睡個優雅午覺的奈奈子也被丟進水裡。不分男女的熱鬥錦標賽就此展開！

「唔哇！這……太危險了吧！」

竜兒被別人落水的水花淋了一身濕，正打算上岸而把腳踏上游泳池邊——

「發現獵物！」

「上吧！壘球社同盟！」

「啥？哇、哇哇哇！」

右邊是実乃梨，左邊是北村。等到回過神來，竜兒的手臂已經被兩人緊緊抓牢，身體飛在空中，背部落水。

竜兒在白色水花中痛苦掙扎，好不容易才讓臉浮出水面。

「那、那兩個傢伙……！咳咳咳！」

壘球社同盟又開始尋找下一個獵物——「呀——！騙人！開玩笑的吧——？」這好像是麻耶的尖聲哀嚎……

竜兒前方的大河正在呵呵大笑：

「耶——！被丟下去了吧！被実乃梨摸到的感覺很棒吧！」

她開心地低頭看著竜兒。看來班上大概沒有人敢動這隻掌中老虎——大河八成也是這麼認為，才會一副悠哉的模樣。

「混、混帳——！乾脆就讓我來把妳丟……」

話還沒說完——

「發～現、了♡還有人沒被丟到水裡喔♡」

大河身後響起全世界最壞心眼的聲音。這麼說來，還有這個搞怪天才——川嶋亞美。

「妳……！」

完全沒防備的大河慢了一步，讓亞美有機可乘，從側腰將她抱住舉起。

「來玩吧來玩吧♡可別真的生氣喔！我丟——！」

「哇呀啊啊啊啊啊啊啊啊——！」

「啪沙！」大河被丟進游泳池裡，濺起了漫天水花，身體沉入水底。

「呀哈哈哈！活該——！」

「妳、妳還有那閒情逸致說那種話？還不快逃！」

「嘿嘿，我要親眼看到那隻囂張老虎哭喪著臉的表情！」

亞美高興地跳了起來，可是大河卻沒有浮上來，只有看到「咕嚕咕嚕」的泡沫，最後連泡沫也消失無蹤。

「……咦、咦？」

竜兒無意識地算起永遠是多久，同時思考——這麼說來，大河好像曾說過什麼？我記得……在那個時候、嗯……記得我問她：「為什麼討厭游泳池？」大河好像是說：「你給我好好聽清楚！因為我不會游泳，所以討厭游泳池！」

呃……也就是說……

「她真的不會游泳嗎！溺水了嗎？」

「咦？真的假的？」

唰——亞美的臉瞬間刷白，同時竜兒快速踢牆潛入水底。

拚命划了三次水之後，好不容易搆住在水中縮成一團的大河，一口氣浮出水面。

「噗哈！喂！沒事吧？喂喂喂喂！」

「不不不不不行不要不要噗噗噗噗啊！」

大河開始掙扎、亂動、打算逃離竜兒的懷抱，下巴被撞了一下，兩人再次沉入水中。大量的水流進鼻子，但大河似乎不在意，一心想要迅速脫離。竜兒想辦法撐起大河，讓她的臉浮出水面——

「慘了了了了了了咿咿咿咿！噗咳噗咳噗咳！掉了了了——！」

「妳、妳在說什麼噗噗咳咳呸呸！」

水不停流入大河嘴裡，但她還是睜著血紅雙眼像在尋找什麼——也不抓竜兒的手，只是緊緊抓住自己的胸前企圖掩飾——

「不、不會吧吧吧呸呸呸！」

「掉了噗噗呸呸！只剩下一邊呸呸呸呸！」

所謂掉了——就是指那個吧？對，就是那個……

「咿——！」

那個……假奶墊漂浮在數公尺外的前方。竜兒一手抱住大河，拚命趁著沒人看到的時候取回胸墊……

「妳在開玩笑吧？不會游泳怎麼不說！」

「呀——！別過來啪啪啪啪啪啪！」

亞美看到大河與竜兒掙扎的樣子，似乎以為他們溺水了。亞美以漂亮的姿勢跳入水中，打算過來解救兩人。糟了！這下一邊有墊、一邊沒墊的樣子肯定會被看到！被看到的話，不曉得她又要說什麼——不管了！

「唔呀！」

竜兒突然立刻拉著大河一起潛入水中，以只能夠用秒來計算的俐落技巧，用手拉開不停掙扎的大河泳裝前襟。

接著再把手伸進溫暖的泳裝裡，將胸墊固定在原來的位置上——除此之外別無他法了。好像有碰到什麼……但這也是沒辦法的。

就在那一刻，竜兒知道大河正在水中怒吼——因為她張開的虎口瞬間冒出了巨大氣泡。

＊＊＊

「咦？什麼什麼？發生什麼事了？」

「亞美把掌中老虎推到游泳池裡……」

「咿耶！那不就慘了！」

班上同學鬼鬼祟祟交頭接耳——事情可沒那麼簡單。

「就說不知道妳不會游泳啊！我不是道歉了嗎？」

「這不是道歉就可以算了的……」

大河連對亞美大吼的力氣也沒有，只能趴在自己桌上，濕潤長髮間的眼睛閃著淚光。

幾乎呈現凍結狀態的竜兒，看著兩人的一來一往——是啊，這不是道歉就可以了事的。

在「那個」之後被拉上池畔時，大河只說了兩個字「屈辱」。她指的不只是被推入游泳池，還有竜兒所做的「那個」……為了她好才做的舉動，現在回想起來的確是有點太過分了。當時手指好像碰到什麼，泡沫的另一頭似乎還看到類似地平線的東西……

「都怪妳、都怪妳的無聊舉動，害我、害我……」

「害妳怎樣啦？發生什麼事嗎？」

「反正妳給我道歉！道歉道歉道歉——！」

大河趴著，臉貼在桌上大力搖晃——這種生氣方式對「掌中老虎」來說，似乎是少了點什麼。誰也沒注意到她是因為胸部（好像）被看見而屈辱不已……竜兒除外。

「真是的，妳到底要我怎樣嘛？我不是從剛剛就一直在道歉嗎！」

原本掛著天使面具與大河對峙的亞美，終於開始不耐煩了。哼！她的嘴角上綻開不明顯的惡毒微笑：

「不過話說回來，真沒想到逢坂同學是旱鴨子啊……真是教人同情～好可憐喔～一直以來丟了不少臉吧～？不會游泳的放學後留下來——之類的？」

亞美壓低聲音施展「假裝同情」的討人厭攻擊。看到班上同學都沒發現，她便一邊以甜的要命的聲音點頭說：「這樣啊～」一邊注意周遭的視線，開始說出更惹人厭的話：

「難得的夏天卻不會游泳？這樣一來不就不能去海邊、也不能去游泳池了嗎？真討厭、真是糟透了——啊、逢坂同學不去的話，高須同學也不能去囉？騙人！超倒楣的！高須同學，跟我一起去吧♡」

……搞不懂是什麼邏輯讓她推出這個理論。總之在與大河的對決時，亞美又開始使出她認為最有效的方法：玩弄竜兒。可是感到困擾的人還是竜兒。

「咦……為什麼亞美會主動約高須……？」

「為什麼只有高須！」

一直在一旁看著事態發展的班上同學，眼神突然為之一變。不，等一下……竜兒想要撇

清關係——

「對了！高須同學，我家有別墅喔——！要不要來我家別墅玩啊？」

「嗯？」

亞美直接從大河身邊走過，來到竜兒身旁：

「嗯，就這樣決定了！可以吧？」

吉娃娃偏著頭，濕潤的眼睛閃閃發光。班上的氣氛變得更加嘈雜。

為什麼是高須？為什麼可以去別墅？到底為什麼，亞美！

「等一下！為什麼會變成我要和妳共度暑假？不是在說妳向大河道歉的事嗎？」

「咿？有嗎？」

看我都忘了～～！亞美露出冒牌的笨拙笑容，「咚」敲了下腦袋。

在她身後大河突然從座位站起：

「不用了！無聊透頂！隨便你們要去哪裡做什麼都不關我的事！狗男女！」

說完之後就以摩西開紅海的樣子，從聚集在一旁的同學中間走過。亞美有點無趣地嘟起嘴，但仍不放棄繼續追擊：

「一定要一起去喔，高須同學！我們一定會玩得很開心！玩它一整個暑假！」

「我說妳也差不多……」

「咦——不行嗎？那麼……有了，祐作也一起去就沒問題了吧？」

大河硬是停下腳步，轉身大步向前，穿過看熱鬧的傢伙走回來。

「喔！」

大河依然沒開口，只是用蠻力拉過亞美側身靠著的竜兒手腕。

「哎呀～～？」

「幹嘛……？」

一個轉身，大河將竜兒藏在自己身後。亞美似乎看到什麼有趣的東西，眼睛開心地瞇了起來。明明是班上的休息時間，全班卻像沉沒之後的鐵達尼號一樣沉默。寧靜的教室裡，甚至能夠聽到隔壁班的喧囂聲。這是也是理所當然的。在大家眼裡，剛才的舉動就像是「掌中老虎從亞美身邊強行帶走高須」——不相干的觀眾只能靜靜嚥下一口氣。

只有竜兒明白，讓大河轉頭的原因不是自己，而是「祐作也一起去」這句話。

「怎麼啦，逢坂同學？」

「我可不允許妳擅作決定……」

「妳剛剛好像不是這麼說的吧？妳不是說我們愛去哪就去哪嗎？」

「如果是整個暑假，那就另當別論。竜兒要負責我的三餐，還有很多其他的事，所以不能讓他跟妳去。」

「哎呀——？妳是說『竜兒是我的』嗎？真敢說耶！」

「誰那麼說來著？妳是不是該去看一下耳鼻喉科了？還是要讓我來幫妳打通塞滿耳屎的雙耳呢？」

從上往下看的是嘴角抽搐的亞美。

由下往上看的是高傲挺胸的大河。

竜兒早就不在兩人眼裡，周圍是一觸即發的氣氛。

首先動作的是大河——她向前邁出一步，雪白的美麗臉蛋上浮現甜美的笑容，似乎要說什麼悄悄話，惦起腳尖對亞美輕聲說：

「妳如果再擅自亂作決定，我就讓妳前陣子的『模仿秀·連續一百種』的影片流出市面喔……啊，好像是一百五十種吧？」

亞美的臉色瞬間籠罩紫黑色的陰影。不過天使面具就是天使面具，沒那麼容易就被剝下來。只見亞美微微一笑，回以清澈的笑容，稍微彎下腰在大河耳邊說：

「妳敢那麼做，我就告妳侵害肖像權……就算是掌中老虎，也逃不過法律制裁吧～～？」

「咕……呼呼呼……」

「啊哈哈……」

「唔呼呼呼呼呼呼！」

「啊哈哈哈哈哈哈！」

在全班同學的注視下，兩人太陽穴上的青筋就快要噴出血來了！

「給我住手！……妳這樣子拳頭會受傷的！」

「小、小実？」

不要命的実乃梨衝進兩個人之間、用力壓住大河準備出手的拳頭：

「來來！分開分開！兩邊分開！」

停！実乃梨推著大河與亞美的胸部將兩人分開一段距離後，開始說起教來：

「大河還有川嶋同學，妳們兩個都給我克制一點！我沒要妳們勉強做朋友，可是再怎麼說，妳們的關係也未免太差了吧？最近我真的看不下去了！」

「可是可是，妳聽我說，実乃梨！都是逢坂同學她對我……」

「都怪那隻蠢蛋吉娃娃不好！妳幹嘛轉到我們學校？妳幹嘛活在這世界上！」

「夠了！都給我閉嘴！放手，大河！不准抓人家的衣襟！不可以就這麼打起來！我知道妳想要用拳頭搏感情，既然這樣就不要吵架，大家用運動一決勝負吧！」

「咦咦咦！」驚訝出聲的只有大河一個人。包含竜兒在內的觀眾們全都「……？」寂靜無聲，不解地偏著頭——大家都因為跟不上実乃梨太過跳躍的思考而皺眉。想不到亞美竟然悠哉地笑了起來：

「啊，好像挺有趣的——♡」

她高明地使出炫目的笑臉環視全班：

「聽我說，聽我說！我真的很希望大家能夠明白，我是真心希望能和逢坂同學做朋友喔！我很羡慕她和高須同學開心笑鬧的樣子，結果好像不小心說出很多讓高須同學誤會的話，但我真的很想和逢坂同學當朋友……都怪我不中用，才會把事情搞成這樣……可是、可是、可是……我說的都是真心話喔！」

剛剛那陣騷動所露出的破綻，也在她的花言巧語之下，順利修補完成。

說得也是，亞美怎麼可能對高須有興趣呢——聽到這陣低語之後，亞美再度微笑。竜兒很清楚，那是「一切正如我所願」的表情。

無法接受的是大河——

「為什麼！為什麼！這算什麼？開什麼玩笑！再無聊也該有個限度吧？為什麼我要和這隻吉娃娃比賽運動？別笑死人了，這可是我們家族一輩子的恥辱！為什麼我非做這種事不可？再說小実，妳為什麼不是幫我而是幫她！」

「妳這個笨蛋！」

「唔！」

実乃梨毫不留情地用手刀敲了一下大河的腦門：

「大河，我這可是為妳好喔！學生時代還無所謂，可是等到出社會之後，妳的做法就行不通了！看不順眼的公司同事或是工作夥伴，妳都要飽以老拳嗎？妳要聽話，我也會一起前往川嶋同學的別墅，趁著暑假和她培養更加深厚的友情！亞美——！啾啾！」

「討厭啦，実乃梨真大膽——！」

実乃梨緊緊抱住亞美，抓住她的潔白臉頰親個不停。不曉得哪裡傳來男孩子的低語「女孩子真好……」讓大河不甘願地挺胸頓足：

「好！我知道了！既然小実這麼說，我就接受妳的挑戰！不過如果我贏的話，就要舉辦妳的模仿秀放映會喔！」

「那麼如果我贏的話，高須同學就和我一起到我家別墅過暑假喔♡」

「這樣一來，整個暑假妳就是孤零零一個人了！」——那些湊熱鬧的傢伙們大概都沒聽到亞美最後一句毒舌吧！

「那麼開始嘍！咚嚕嚕嚕嚕嚕嚕嚕嚕嚕嚕嚕嚕嚕嚕嚕嚕嚕嚕嚕嚕嚕！」

沒想到人類的嘴巴竟然也能夠靈巧發出打鼓的音效。実乃梨以鼓聲炒熱氣氛之後，閉上眼睛，便把手伸進便利商店的塑膠袋裡不停攪拌——裡面擺了兩張模樣大小相同的摺紙。其

中一張是大河希望的對戰方式，另一張則是亞美希望的對戰方式——兩人分別親手寫下自己想要的方式。

「鏘鏘！」

鼓聲結束，実乃梨從裡面抓出其中一張。

大河和亞美，還有包括竜兒在內的全班同學，全都盯著講台上的実乃梨打開的那張紙。大家側耳傾聽將要唸出的內容。在大家的注目中，実乃梨再度咳一下：

「板——將——（頒獎）！」

2—C的夥伴頭上全都出現巨大的疑問記號。她應該是故意學外國人的發音吧？可是剛剛那句話到底是……

「啊——剛剛是在模仿已過世的大衛・瓊斯（註：前泛美航空遠東地區宣傳公關負責人）吧？就是那個在相撲比賽上頒發泛美航空獎給優勝力士的知名外國人。模仿得還真像呢！」

北村的解說不禁讓人覺得「為什麼你會知道」，結果只是徒增大家頭上的問號。

「開玩笑的！好，搞笑時間結束。各位，我要發表了！這次運動對決的項目是——」

実乃梨停頓了一下，微笑看向亞美，對著大河的表情則是彎著嘴。

「——川嶋同學提議的『25公尺來回自由形式一趟決勝負！』」

喔喔——啪啪啪啪！現場湧起一片掌聲，「太好了！運氣真好！」亞美笑容可掬地回應

眾人的掌聲，大河則是一臉不滿的模樣。竜兒凶狠的雙眼閃著光芒——由不太公平的決定方式選出來的比賽，對旱鴨子大河來說太過分了。周圍馬上就傳來小小的低語聲——「這下勝負已定了嘛！」

決賽之日，訂在這學期最後一次游泳課。附帶一提，大河所提議、沒被選上的比賽方式聽說是「自由搏擊」。

4

「這個班的學生真是優秀啊！一年級他們上完游泳課之後，上課幾乎都在打瞌睡喔！」

站在講台上的老師微笑俯視2—C的學生。現在這個上課氣氛，的確讓人想不到大家才剛上完游泳課——所有人都睜大眼睛安靜聽課。然而老師卻沒有察覺，這片寂靜中有股隱藏於其中的莫名情緒，正如電流般在學生間流竄。

竜兒也是睜大雙眼、眼睛閃耀光芒的其中一人。沒看進教科書上任何一個字，無法冷靜的揣測不安讓眼睛失焦，心裡只有想著一件事：剛剛休息時間發生的事。

為什麼事情會鬧到這麼大？為什麼我非得被捲入其中？

啊啊……就在竜兒咬住鉛筆尾巴時——

「……嗯？」

後面丟來一張折得小小的紙條。看樣子原本是打算越過竜兒的頭，丟到前面的位子，卻因為碰到椅背，而掉在竜兒的桌上。「啊，糟了……」後頭響起小小的呻吟聲。心地善良的竜兒正打算戳戳前面同學的背把紙條傳給他——

他注意到了紙條外寫的文字，上頭寫著：「2—C全班同學傳閱！」我也是2—C的一員，那我也可以看吧？於是竜兒將教科書立起作為掩護，打開B5大小的紙條。平常已經吊得夠高的三角眼瞬間閃起更刺眼的光芒——

『第一屆！高須爭奪盃開始！亞美VS掌中老虎，一注五百圓！註：傳閱時請越過以下人員：亞美、老虎、高須及裁判櫛枝』

「這是什麼……」

他用閃著光芒的雙眼環視教室一周。「哪個蠢蛋啊……！」「啊啊……笨蛋！」大家紛紛尷尬轉頭閃避竜兒的視線。

——太過分了！

竜兒緊咬薄唇，心想：「這樣會不會太過分了？」所有人都認為事不關己，而當成好戲在看是嗎？

紙上已經有不少人表明參加的意願：正中間以一條線分開，左邊寫著「亞美」，右邊寫著「老虎」，自己的名字寫在哪邊，就代表賭誰會贏。

到目前為止，傳閱的紙條上，班上同學全都賭亞美會贏，大河那邊完全空白。旁邊留下每個人的意見：

『這有什麼好賭的——？』

『比游泳當然是亞美贏呀☆老虎會沉到水底吧。』

『要比打架就要選老虎。』

『老虎根本沒勝算吧！勝負已定！』

『話說回來，事情發展到這裡，高須同學突然面臨重大抉擇。為什麼？』

『他只是亞美與老虎政權鬥爭下的犧牲品吧。』

『也就是說，亞美不是跟他玩真的？』

『也對。就算最後亞美獲勝，別墅之約也會含糊帶過……』

『老虎和高須是認真的。不過亞美的真命天子是我。』

『你白痴啊！』

『才怪，亞美是我的新娘。』

『隨便你怎麼妄想吧！』

『亞美我收下了！』

『超↓肚子餓的，還沒到午餐時間嗎↓』

『亞美爭奪戰我也想參一腳，要怎樣才能加入？』

『亞美是我的，所以歹勢啦〉arl』

『你該不會是想寫all吧？』

『連「all」都不會寫，未免太慘了吧？〉春田』

『你是靠關係進來的吧？〉春田』

春田……你實在是……不，這不重要。

「搞什麼……這些傢伙在亂寫些什麼……」

這些話真是讓人十分不爽。竜兒閉嘴悶不吭聲，遺傳自父親的危險眼神也不爽到了極點。他雖然不喜歡隨便嚇人，可是像這樣被眾人當成笑柄，等於是被大家看不起——他也不喜歡這樣。

因為班上女生的意見如下：

『高須同學不像外表那樣可怕，是個優柔寡斷的男人。所以才會被利用（笑）。』

『沒錯——我同意。高須＝被耍男（笑）。』

『不論對他做什麼，他也只會閉嘴乖乖就範（笑）。』

『看樣子他被老虎吃得死死的（笑）。』

——過分，太過分了！我一直沒發現，原來女孩子們這麼看不起我。那個以輕鬆心情寫下的（笑）字，是多麼教竜兒心如刀割啊！

「混蛋……我可不是沒用的笨蛋……」

看我的！竜兒拿出粗麥克筆在紙上大大寫下自己的名字——當然是寫在大河那邊。不只這樣，他還一口氣下了六注——三千圓喔，三千圓！

可能沒有人知道龍和虎是一組的吧？再說，竜兒可是游泳高手！目前距離比賽還有一點時間，如果能夠從現在開始拚命特訓，再加上大河的驚人潛能，在與亞美對決前應該能有長足的進步。

「如此一來應該能夠一個人獨得……」

低聲自言自語說完，還要做一件更討人厭的事情——和大河密切合作，讓事情能夠如願進行。竜兒俐落的將紙條折成紙飛機，轉過身子，朝斜後方直接拋過去。

「嘿，大河！」

「嗯？這是……什麼？」

咦！有人無聲倒吸一口氣。掌中老虎——逢坂大河迅速接過飛來的紙飛機。大河雪白的小手緩緩將紙條打開，只說了一句：

「這樣啊……」

可是伴隨那句話，薔薇色的嘴唇邪惡扭曲，露出有如凶暴野獸般的微笑，比鮮血還要紅的舌頭舔著嘴唇……連臉頰也爬上血色，雪白的喉嚨因興奮而顫抖。

「那麼──找個人上台來解題吧！喔，真難得啊！就是妳了，逢坂。」

站起身的大河，眼神已經充斥著肉食性動物的神采，散發純粹野生光芒的眼裡不剩任何理性──大河以殘暴的視線仔細看著班上每位同學。

「逢、逢坂？不要在教室裡亂晃……啊，不對。妳要亂晃也行，不過要不要順便解一下題目呢？」

大河背對著講台，在座位間的走道上來回走動，品頭論足。背後彷彿可以看到一頭重的老虎幻影，那股殺氣帶來的沉重壓力眼看就要逼近整個教室。「咿！」與「對不……」等發抖求饒的聲音處處響起，唯有在經過竜兒座位時是不斷微笑。兩人的眼神交流，確認彼此的同志情誼。孰料下一秒，就被不知道是誰的椅腳絆了一下差點摔倒，竜兒連忙抓住大河裙子腰部──「微笑……」安然過關。大河準備踏上講台時又被絆倒「微……微笑……」重新站起……這傢伙果然到哪都不忘耍笨啊！

完全不知情的亞美也察覺到這股奇妙的氣氛，不解地偏著頭眨眼：

「咦?發生什麼事了嗎?為什麼要發脾氣?」

只有一個人默不作聲地不發一語——就是坐在靠走廊的実乃梨。

「呼……呼……」

仔細一看,才發現她早已闔上眼皮,上頭還用立可白和奇異筆畫了絕不會閉上的眼睛。

「大河,我會全力協助妳,妳可不能輸喔。」

「那當然。我一定要讓那個吉娃娃在班上同學面前變成破布!」

大河一邊快速翻閱寫著斗大標題「目標成為競速游泳王!」的運動雜誌,一邊不耐煩地抬起頭來看著手拿筷子的竜兒:

「你當然要幫我!如果我輸給那隻吉娃娃,你可知道會有什麼下場?」

「當然知道,整個暑假被關在川嶋的別墅不是?別開玩笑了!這段期間的洗衣、打掃廁所、煮飯……還有其他的瑣事要由誰來做?喂、妳也稍微幫個忙吧!攪拌一下醋味噌(註:在味噌裡加入醋與沙糖加以攪拌的醬料,大多用來搭配海鮮與蔬菜)。」

竜兒將裝有調味料的玻璃器皿與湯匙交給大河,自己則拿著抹布仔細擦拭矮桌。

「這要配什麼東西?」

「土當歸和海帶芽。」
「嗯——我不喜歡吃那個。」
「這對身體很好呀！還可以讓胸部變大。」
「醜八怪，不要說謊。」
「妳說醜、醜八……怪……」
簡潔俐落地刺傷竜兒後，大河總算開始幫忙攪拌。她像小孩子一樣坐在地上，嘴巴嘟得更高，聲音顯得更激昂：
「我想你應該很清楚，我——」
「是——是——對、對……」
這話題已經聽膩了。竜兒忙著工作，順便制止大河繼續說下去：
「我知道，反正妳打算要說『你要和誰去哪裡、做什麼，都與我無關。』對吧？我知道啦！妳不爽的是北村也會去吧？」
可是——
「才不是這樣……當然跟北村同學也有點關係，不過最主要是因為我不希望你去那個女人的別墅。」
「咦……」

竜兒凝視著大河的側臉——她正一邊鼓著臉鬧脾氣，一邊攪拌醋味噌。竜兒的心中浮出一個小小的疑問。

這——難不成……

難道大河真如同亞美所說，對我……

「你走了，我的三餐該怎麼辦啊？如果你願意一天從別墅回來三次，那就另當別論。」

「——啊，原來如此。是是，我知道啦。」

幹嘛一副了不起的樣子……竜兒小小聲補上這句，也不知道大河有沒有聽到。

「……竜——兒——？」

咚！大河把醋味噌擺在餐桌上，朝竜兒的鼻尖伸出沾了味噌的湯匙，緩緩吐出別人的名字，聽來有如在叫小孩子：

「你到底明不明白自己的立場？你可是狗喔、我的狗。說吧！說你為了我做牛做馬是比什麼都重要的生存意義！說你在為我做事前的十六年，簡直如同不曾活過！」

「啥？我為什麼要說那些話？」

「說啊，你這傢伙……我叫你說你就說！」

大河的眼睛深處有如漆黑的黑洞，臉上露出陰鬱的微笑：

「你……不是看了我的胸部嗎……？不是摸了我的胸部嗎……？那個屈辱，真是丟臉到

家！每次只要一想起來，心臟就猶如從鼻子跑出來一樣難受……你做了那種事，就算把你剩下的人生統統奉獻給我也不夠，懂不懂……？吃虧的人可是我……懂不懂……？」

竜兒說不出半句話來。被大河說成那樣，我還能再說什……不、等一下——

「妳、妳不也看了我的胸部嗎？還不是一樣！而且妳說我看了妳的胸部？在水裡急得要命，哪有那個閒功夫去注意這種事……！」

「你說啥！我也看了你的胸部？你指的該不會是那個黑得要命的骯髒葡萄乾吧！」

「骯髒葡萄乾……！」

竜兒渾身無力當場跪下。這種罵法實在太創新了，八成是目前為止聽到最過分的罵法。

「呸！」大河還做出吐口水的表情，繼續攪拌醋味噌。

「哇！」

因為攪拌得過猛，湯匙飛了出去，直接命中俯身在地的竜兒太陽穴。

「痛……！妳這……笨到不行的笨蛋！」

醋味噌流到傷心竜兒的臉頰。此時泰子準備要去上班而來到客廳：

「哎呀～～晚飯還沒有好嗎～～？」

「等、再等一下下，已經好了。」

竜兒一邊擦掉臉上的醋味噌，一邊像是被虐待的媳婦似的回到廚房。

就在竜兒將味噌湯裝進碗裡時，他身後的兩人──

「啊～～！大河妹妹在拌醋味噌耶，好厲害～～！大河妹妹會幫忙，真是好孩子～～！」

「是、是嗎？」

「泰泰最喜歡土當歸了～～！」

泰子貼到大河身邊，完美化妝的年輕面容上掛著一如往常的無害笑容。不曉得她在開心些什麼，只見她站在大河面前：

「那個呀，泰泰想說給大河妹妹看也沒問題喔～」

「咦？看什麼？」

竜兒正準備要將擺上味噌湯與配菜的托盤端到矮桌，卻發現背對著自己、正對著大河的泰子不知道在幹什麼。就在竜兒看著兩人時：

「來，請──看──！因為大河妹妹昨天好像很想看的樣子～～！」

親生母親把衣服拉到胸部以上。

「什麼……？」

托盤差點沒掉到地上的兒子只能看到雪白背部，而端坐在另一面的大河則是瞠目結舌癱在榻榻米上。

竜兒只能聽到大河發出的沒用呻吟，有如慘遭拋棄的幼貓──大概是被眼前的波濤洶湧嚇到了吧？

＊＊＊

話說回來，這兩人可沒那個美國時間被波霸嚇得直發抖啊！

第三天是第二次的游泳課。微陰的天氣不太適合游泳，不過兩個人還是幹勁十足：

「好啦！我們上吧，大河！」

「上吧，竜兒！」

竜兒與大河現身游泳池畔，兩人共四隻眼睛閃著青白色光芒，發出超高溫的殺氣……錯了，是幹勁！兩人挽著手、挺著胸（其中有一名好像是假奶）用力站在池畔，四周空氣瞬間為之一變。此時的游泳池已經不再是熱鬧友善的地方，而成了賭上志氣、自尊與暑假的嚴肅競賽場所。

竜兒和大河陸續進入游泳池，兩人的周圍有如噴上劇毒，人們很自然地加以迴避，空出一片空間。沒有任何人敢和他們兩人說話……大家紛紛退得遠遠交頭接耳，假裝若無其事地看著兩人。

竜兒瞇起一隻眼睛心想：我大概有個底了。其實大家都想問：旱鴨子大河要如何與亞美

比賽？不過竜兒不理會一旁看來的視線：

「開始練習囉！」

「嗯，開始吧！」

大河用力點點頭，與竜兒四目相接。他們要說什麼隨便他們，不用去計較。根據大河的體能，應該很快就能夠游個25公尺。

「聽好了大河，我們先從簡單的開始吧。妳試著踢牆讓身體浮起來。」

「竜兒。」

「嗯？」

「你說的踢牆，也就是要先把手放開吧？」

「對。」

死命抓住游泳池邊緣的大河認真地盯著竜兒的臉。雪白的臉頰看得到搖曳的青色波光。

「放開手會溺水耶。」

「……」

「我踩不到底。」

看來必須從更基礎的地方開始了！話說回來，踩不到底啊……竜兒按著額頭，重新修正練習計畫。過了數秒：

「……好，那我們先從憋氣開始。把臉浸進水裡行嗎？」

大河「呵呵呵」高聲笑了起來。

「哎呀，別當我是笨蛋，那麼簡單的事我當然做得到呀？你看！」

這樣的話就太好了……竜兒鬆了口氣——

「大、大河？妳、妳……」

得意洋洋地說「你看！」的大河，的確是把臉浸進到水裡——雙手抓住游泳池邊緣，身體咕嚕咕嚕往水裡沉，直到鼻子快碰到水面為止……大大的眼睛在水面上骨碌碌轉打，可愛地眨了眨。

「……噗哈！你看，我做到了吧？」

哼！驕傲地挺著假奶。竜兒再度壓住額頭，思考該如何和她說明。過了數秒……

「我說……臉浸進水裡，應該是像這個樣子……」

竜兒同樣抓住游泳池邊緣，慢慢將臉浸進水裡，確實地數完三秒，示範正確的動作給身邊的大河看。

「噗……看，和妳的做法不一樣吧？看這邊啦！」

大河把臉轉開，竜兒忍不住戳了一下大河的手肘。

「會痛耶！」

「妳有在看嗎？剛剛我的示範妳做得到嗎？」

「咦咦！啊嗯——？」

大河只有精神依舊很好，眼神卻是戰戰兢兢不敢直視竜兒。不會吧……竜兒的心中湧起不好的預感：

「啊！妳……該不會不敢把臉浸到水裡吧……？」

「……嗯？什麼？」

竜兒看著把臉轉開佯裝不懂、吹著不成調口哨的大河——不好的預感成真了。現在的問題不是會游不會游，而是要讓她先習慣水才行。

竜兒已經沒有閒功夫按著額頭思考了，他敲了一下大河的腦袋，打算讓她振作起精神。可是她卻連「少隨便亂碰我！」都沒說。

「總、總之今天就把『憋氣』練熟吧！這個不會，其他就沒什麼好說的。」

竜兒正打算對大河說明基礎的重要性，可是背後那群人卻開始竊竊私語：

「喂，從『憋氣』開始耶……」

「不管怎麼說，這水準也太低了吧……」

「這不是小學一年級的程度嗎……」

「這麼簡單總該要會吧……」

大河似乎聽到旁觀同學的低語，傷到了她的自尊——她皺起眉，臉頰染上一層血色。

竜兒正準備轉頭要那些人別多管閒事，可是還是慢了一步——「我、我會憋氣，這個不用練習！」大河嘟起嘴，鼓起小小的鼻子，紅著臉激動地說：

「這種低等的練習，跳過。」

「這、這樣不好吧！」

「跳過！」

接著大河以必死的決心跨出第一步——放開原先抓著的游泳池邊緣，抓住竜兒的手臂，在臉不碰到水的情況下拚命伸展身體、雙腳打水，想辦法讓自己浮起來。

「拉著我！總之我要先讓身體記住游泳的感覺！」

「原來如此！妳確定嗎？」

「沒錯！照做就是了！」

大河以咬人的氣勢大聲怒吼，竜兒只得勉強轉過身開始拉著大河的身體前進。

「唔噗！唔噗！」

大河半張臉浸到水裡，幾乎閉起整個眼睛，雙腳拚命打水。但竜兒還是懷疑——這算得上練習嗎？因為握著手的關係，大河幾乎漂不起來。如果不抓住她的手臂支撐她，不斷打水的下半身就會越潛越深，連打水的水花也看不見。

「唔噗……唔哈哈哈哈！太順利了！我會了、我會了！游泳真是太簡單了！」

大河把這當成是自己在游泳吧？明明是一副拚命的模樣，卻要裝出開心的樣子，一邊揚起下巴，一邊發出苦笑。

竜兒突然想到自己學會騎腳踏車的經過：小學一年級第一次拆掉輔助輪，可是卻因無法保持平衡而頻頻摔倒。看到這個狀況，泰子就說：『泰泰會扶著腳踏車陪你一起走，小竜只要負責一直踩就行囉～』接著，她就扶著腳踏車後面……當竜兒再次踩下腳踏板時，因為泰子在後面扶著的關係，終於能夠順利前進不再摔倒。太好了！這感覺真棒！竜兒順勢加速，腳踏車也順利前進……直到某一刻他才突然發現，後頭的泰子不見了，自己已經能夠一個人騎腳踏車了。至於泰子則是身在距離竜兒數十公尺後方——似乎是在起步瞬間就被絆倒而摔了一跤，倒頭栽進隔壁人家的灌木圍籬裡。

竜兒心想：就是這樣，就這麼辦！就這麼順勢不再出力，最後放開大河的手——『咦？我會游泳了！』『幹得好！大河！』這麼發展吧。好！等到那條線的時候——

「咕嚕咳咳！」

「哇！」

竜兒只不過稍微放掉支撐手臂的力量，大河便整個人沒入水中。

「妳、妳還好吧？」

「……咳咳……剛、剛才發生什麼事……這是哪裡?我是誰?你是……」

失去記憶了!厲害!就在竜兒噓了口氣:

「你剛剛把手放開了對吧!叛徒!」

她伸出濕淋淋的手「啪沙!」狠狠拍擊水面,水花朝著竜兒炸開。啊,太好了!看來是恢復記憶了。

「啊!妳漂得起來了耶!」

「咦?什麼?騙人!」

這麼說來,游泳池中央的大河沒有抓住任何支撐物。既沒有抓住竜兒,腳也碰不到底,但她的臉卻是浮出水面。發現這個驚人事實的兩人不禁──

「哇啊!棒呆了!我會游泳了!」

「看樣子贏定了!」

正當兩人開心的準備擊掌時──

「……想也知道,怎麼可能……」

滋波波波波波……模仿海神波賽頓的実乃梨從大河身後緩緩浮出水面。

她用一隻手扶著大河:

「……高須同學掉的是這個旱鴨子大河嗎……?還是這個旱鴨子大河呢……?」

看來剛才是実乃梨在水底下支撐大河。

「是、是這個旱鴨子大河。」

「沒錯……大河是旱鴨子……」

実乃梨將大河塞給竜兒，再度滋波波波波波波……學著海神波賽頓的樣子沉入水底，然後在水裡搖搖晃晃游開。

正當竜兒也想不出她打算游往何方之時：

「呀啊！什、什麼東西？」

「這次無論如何我都要保持中立……既然剛才幫了大河，那也得幫幫亞美才行……」

「実乃梨？怎麼了？看起來好像海神波賽頓喔！討厭，好癢啊！」

正和麻耶等人一起玩海灘球的亞美被実乃梨從身後抱住。她是不是弄錯了啊？不過……

「不愧是小実，光明正大，真是運動員的最佳範例！」

既然大河這麼說，那就當成是這麼一回事吧！竜兒盯著海神波賽頓令人目眩的肌膚，猛力地點頭回應。

總之先回到游泳池邊吧！竜兒緊抓大河的手臂，開始在游泳池裡走了起來。然而這時又傳來不以為然的竊竊私語聲：

「哎呀——看來完全不行啊……」

「這樣子下去根本沒勝算吧……」

「老虎本來就沒有游泳的天分……」

「怎麼能跟美人魚亞美比啊……」

大河緊咬嘴唇，指甲狠狠刺進竜兒的肩膀裡：

「可、可恨……！」

「痛痛痛痛痛！」

「他們怎麼可以這樣說！竟然說完全不行！還說我沒天分……嗚嗚……我不幹了！」

「別在意其他人！」

「不用你說我也知道！可是我就是不甘心！丟臉死了！我不幹了！我不要大家看到我這副模樣！」

「可惡……因為那些傢伙全都賭川嶋贏……他們是想要讓我們覺得難堪、害我們練習不下去……」

環顧四周，這些再熟悉不過的同學全都變成敵人。而且還有更糟的事——

「喔！逢坂！練習得怎樣？和高須一起加油吧！」

池畔的北村用開朗的聲音幫他們加油。大河忍不住低吟一聲，臉上露出難以形容的表情，不知該怎麼回應。這也是理所當然的，對大河來說，更加努力就會讓北村更加誤會自己

與竜兒的關係……因為這個對決在旁人眼中，就是大河為了竜兒而挑起。

無計可施的竜兒只能嘆口氣：

「真拿妳沒辦法，我們別在學校游泳池練習，去找其他地方好好努力，比賽那天讓大家跌破眼鏡吧！」

「這麼說來，車站對面有個溫水游泳池吧？」

「嗯，那就去那裡吧。」

滴！一顆冰冷的雨滴落在大河白皙鼻尖上——「好冷！」「下雨了？」口中不停抱怨的班上同學連忙離開冰冷的游泳池。

今天的游泳課到此結束。

「首先是……獲選為奧林匹克聖火跑者的松本清張……這時突然出現可疑的影子！啊，是太宰治（註：松本清張與太宰治皆是日本知名作家）！糟了，聖火快被奪走了！豈能讓你如願！清張以下唇集氣攻擊太宰！太宰輕輕轉身躍起閃過攻擊，背後伸展開受傷的翅膀——」

「那個文人大戰是什麼鬼東西？」

「這是一定要的不是嗎！當我獲得勝利之際，就要公開舉辦蠢蛋吉娃娃的模仿秀ＤＶＤ

放映會。這是我為她準備、用來當作開場白的新戲碼！」

「清張和太宰，她是哪一個啊？」

「兩個都是啊，一人分飾兩角——她在這方面可是擁有無限潛能呢！」

「是、是嗎……？」

「是我幫她開發出來的！」

期待、期待！大河的情緒莫名高昂，精神飽滿地走在雨夜的人行道上，拿著傘上下搖晃——她的樣子讓竜兒呈現半呆滯狀態，回過神來連忙追上她。他的幹勁也不輸大河；白天才在學校游過泳，吃過晚餐之後又特地前往溫水游泳池——這多虧大河家裡那台強力烘乾機快速烘乾泳裝。

太陽下山之後，雨也開始越下越大。每次只要大河一搖晃那把薰衣草色雨傘，飛濺的雨水就會襲向竜兒。竜兒一邊技巧性操縱自己的雨傘躲過雨水，一邊對大河說：

「首先要練習把臉浸到水裡……再來是利用浮板，想辦法讓身體浮起來練習打水……」

竜兒回想自己在游泳教室學游泳的過程，認真擬定大河的游泳練習計畫。

反正還有時間，從今天開始每天都去溫水游泳池練習的話，就一定——

「咦？」

竜兒聽到大河的聲音而抬起頭——緊接著說不出話來。

「什麼？等、等等……這是騙人的吧？」

通往溫水游泳池的門上牢牢鎖上——難得今天有心過來，卻剛好沒開嗎？看往建築物之後，不禁更加愕然。

是下雨的關係？還是時間太晚的關係？兩台推土機，正好一左一右停在原本應該是溫水游泳池的瓦礫堆上，一動也不動。

「啊……咦咦——！」

大河大叫了起來。竜兒注意到腳邊有東西，撿起來一看才發現是塊板子。上面用麥克筆寫了些什麼……竜兒看完之後，只能夠呆呆站在原地——

「『感謝各位長久以來的支持。本溫水游泳池已經關閉，明年將以圖書館的嶄新面貌與大家見面。』……圖書館……？」

「幹嘛要變成圖書館！」

大河的聲音撼動雨夜的街道。聽到她的叫喊，竜兒覺得眼前斷垣殘壁的景象，正如同自己喀啦喀啦崩毀的計畫。

大河不會把臉浸入水裡。

大河不能在學校的游泳池裡練習。

大河不會游泳。

大河會輸──

大河輸的話，暑假期間我就必須在亞美的別墅度過。也就是說──

在度假飯店的房間裡，竜兒坐在沙發上，亞美身穿泳裝手捧水果走了進來，雪白的身體大膽跨坐在竜兒的下半身：

『唔呼呼♡有什麼關係──我們一定會玩得很開心呀！來，吃水果♡』

『來，啊──♡這是我家別墅採收的鳳梨喲♡已．經．熟．透．了！你．嚐．嚐．看！』

這、這真是太糟糕了！別這麼靠近我啦……想是這麼想，可是她身上穿著泳裝，又不好觸摸她的身體把她推開，竜兒只好乖乖張開嘴巴。外面又進來另外一個人──

『高須同學，你得陪我玩才行！大河又不在，好無聊喔！喂，一起打壘球吧？高須同學喜歡哪個位置？一壘？二壘？還是……三壘……？』

當然也是泳裝打扮的実乃梨站在門口，一隻手上戴著壘球手套，對著竜兒招手。這是多麼至高無上的快樂啊！在本能與慾望的驅使下，竜兒搖搖晃晃準備往実乃梨走去……

『呀啊──高須同學，和亞美美一起吃鳳梨嘛！』

『不行不行、高須同學要和小実一起滾向二壘！』

『和亞美美一起享受亞熱帶植物～』

『和小実一起如子彈般奔馳──』

哎呀——不行不行，還有人在等我……在那間太陽光照不進來的陰暗潮濕2DK裡，還有人在等我……對了，三餐該怎麼辦？不行，我還沒有用電子鍋煮飯，那些傢伙一定餓壞了。竜兒掙開亞美與実乃梨的雪白手臂邁步向前，跑上租屋的二樓，打開玄關大門——然而一切都已經太遲了！

在2DK的地板上，躺著三個木乃伊：一個是小鸚，一個是大河，最後一個是泰子。泰子的手指還在榻榻米上留下死前訊息：「媽媽餓翻天」——什麼跟什麼啊——！

「喂……噁心死了……」

「什麼……？」

「你的臉！從剛剛開始就又笑又哭的，噁心死了！」

在化為斷垣殘壁的溫水游泳池正門前，被罵的竜兒總算回到現實世界。對啊，這怎麼行……不論怎麼樣、無論發生什麼事，這場比賽都非贏不可！

但問題是——

「啊啊，真是的，這下子該怎麼辦？為今之計只能在學校游泳池練習了！」

「也只有這條路可以選擇了呀！調適一下心態，無視其他人的視線……」

「要怎麼調適啊！北村同學也在看……」

面對大河簡單的問題，竜兒完全回答不出來。

＊＊＊

隔天開始整整兩個星期，雨一直下個不停。

這段期間的游泳課也全部暫停。無法練習的大河依然是旱鴨子。這下子也沒不用煩惱究竟要不要在學校的游泳池練習了。

「不要再下雨啦～」

「這樣一來高須組也沒辦法練習了吧？」

明明是白天，窗外天色異常昏暗；教室裡閃著日光燈的慘白色光芒。這時理應要去上游泳課的，所有人卻只能無聊地待在教室裡自習。

周圍七嘴八舌竊竊私語，紛紛談論大河與亞美的游泳對決恐怕無法舉行之類的話題。

「精神渙散……」

「別放在心上。」

大河從想像訓練用的運動雜誌．游泳特集中抬起視線。坐在隔壁座位上的竜兒儼然一副教練的模樣：

「這麼一來，只能靠精神力決勝負了！」

他在看來心情不好的大河面前，擺上前一期的雜誌。

「光是一直看雜誌，我還是不會游泳啊！」

「總比無所事事發呆好吧？再說妳每天都在我家進行打水訓練不是？」

補充說明，竜兒提到的打水訓練，指的是在榻榻米上擺好坐墊，大河趴在上頭，只有雙腿做打水動作。「很好很好，就是那個樣子！再用力一點！快一點！哦～淺草有家很多人排隊的漢堡店耶……哇啊！真的看起來好好吃……」「你看什麼電視啊！」「痛痛痛痛痛痛！」

——正對竜兒背部飛來的那一腳真是痛斃了，可以證明她已經學會打水。

「那樣的練習哪夠啊！」

「妳不是也有在浴室練習嗎？」

「是啊……也對……這些練習應該也有相當的成效……」

微微一笑，大河充滿自信的揚起嘴角。再次補充說明，所謂的浴室練習，就是大河潛入注滿水的浴缸，睜開眼睛憋氣。

「我的眼睛已經可以自在地在水裡睜開了。」

「喔，真厲害！」

「呵呵呵，憋氣也學會了，可以憋三秒！」

「這不就贏定了嗎！」

耶！耶！眾人（也只有兩個人）勉強想要炒熱場子，舉起手正打算來個擊掌時，卻因為沒拍到而跌了一跤——

「啊……好無聊……真想在游泳池裡練習。為什麼那家溫水游泳池會倒呢？」

「是啊……」

兩人回過神來，垂頭喪氣同時仰望向天花板。遠處不曉得是誰低聲說了一句：「哎呀，那不就輸定了？」聽到這話，大河只是嘟起下唇不發一語，連吼都懶得吼了。

「嘿！」

「唔！搞什麼……？是你啊……」

抬臉望著天花板的臉上突然飛來幾張紙，竜兒連忙轉過頭，只見北村站在一旁微笑。

「鏗！」旁邊同時發出極大的聲響，轉頭才看到了大河連人帶椅倒在地上。

「什麼『搞什麼』？如何？練習得怎樣？和亞美游泳對決的日子快到了吧？」

「練習的怎樣……？這樣子根本沒辦法練啊！妳說是吧？」

大河臉上隱約泛紅，輕輕點頭，重新坐回椅子上。打算調整一下桌子的位置——「啊哇哇！」結果被捲入運動雜誌的雪崩裡。

「也對，這天氣根本沒辦法練習。那東西能不能派上用場我也不曉得，不過還是我的一點心意。」

「那東西……你是指這個嗎？」

竜兒看看剛才飛到臉上的紙片，才發現那是市民游泳池的入場券。

「我老媽是保險業務員，這些是送給客戶之後剩下來的，剛好兩人份。你們拿去用吧！其實，我也賭逢坂會贏。」

「咦……」

大河瞪大了眼輕叫出聲，驚訝地仰望北村。

「看到前陣子傳閱的紙條，高須超有自信的賭逢坂會贏，所以我想：『好、我也跟著賭賭看吧！』之後也有不少人改賭逢坂喔！高須可要負起責任啊！」

北村推推眼鏡，由衷地笑著。大河有些慌張，清了好幾次喉嚨才說：

「賭、賭……我會贏？大家認為我會贏嗎？」

「是啊。」

啪！大河整個臉像是過敏發作，紅得更厲害了。

「逢坂該怎麼說呢……總之就是『緊急時刻有所發揮』型，所以最後一定會演出大逆轉。以超人來比喻的話，就是金肉人（註：日本同名漫畫的主角，常在戰鬥的最後發揮過人的力量打敗對手），不過我說的不是金肉人二世。」

這算是稱讚嗎？不解的竜兒偏著頭。可是——

「啊……是王子……主角……嗎？」

大河低下紅通通的臉蛋滿臉微笑。她看起來很開心的樣子……

「沒錯。可是出乎意料的，亞美是遇到正式場合就不行的類型。所以我覺得勝負究竟如何，目前還不知道。」

「這個……不能這樣用嗎？」

竜兒將手裡的兩張門票一張遞給大河，另一張遞向北村。還沒等北村反應，大河就已經睜大雙眼——

「不——喔！」

一邊發出莫名其妙的聲音，一邊以打斷竜兒手臂的氣勢，搶過他遞向北村的門票，緊緊抱在胸前。好像快要噴火的大河滿臉通紅，抬頭狠狠瞪著竜兒。看到大河嬌羞的樣子，北村開口道：

「就是這樣。練習加油喔！別再下雨就好了。」

北村的笑容裡沒有一絲不開心，舉起一隻手道別之後便離開了。

「啊啊——妳這個笨蛋——」

竜兒忍不住給了大河鼓起來的臉頰開玩笑的一拳。大河沒有半句埋怨，任由竜兒的拳頭停在自己臉上，也沒有看向竜兒，只是沉默不語。

竜兒嘆了口氣，抽走她手裡緊握的游泳池門票：

「擺在妳那裡鐵定會弄丟。上面的日期是這個週末，如果放晴就好了……我口渴要去買果汁，妳有要買什麼嗎？」

大河只是對著竜兒搖搖頭。

「啊！」

「喔……」

之前好像也發生過——

違反校規的兩個人在禁止使用的時間，於自動販賣機前相遇……

「高須同學翹課～～？」

「妳沒資格說我。」

亞美一個人蹲在牆邊喝著奶茶——「這邊這邊！」竜兒買好冰咖啡之後，亞美便催促竜兒坐在她旁邊。

「妳一個人待在這種地方啊？真是個自閉的傢伙。」

「高須同學也沒資格說我～～」

一丘之貉的兩人一起並肩蹲在牆邊陰影處。「嘿咻！」竜兒蹲下時不自覺發出的聲音，讓亞美噗哧笑了出來：

「真是的，你累了嗎？」

「廢話，那還用說。也不知道是誰最近老做些莫名其妙的事情……」

「哎呀？那個『不知道是誰』該不會是在說我吧？」

「廢話。真是……只要妳一瞎搞，我就是最倒楣的人。」

「瞎搞什麼啊～？亞美美不懂～」

「妳呀……愛怎麼裝就怎麼裝吧！裝到妳顏面神經痙攣！」

呼呼，亞美笑著的臉上現正處於休息模式——脫下了做作的清純面具，工整的臉上薄薄地籠上一層壞心眼的冷酷。

「妳也辛苦啦……」

難得的自習時間裡，她卻一個人躲在這種地方——總覺得自己似乎可以了解。竜兒不禁拿起自己的罐子輕輕碰了一下亞美手上的罐子「乾杯！」亞美的琥珀色眼睛一瞬間驚訝得眨了幾下：

「咦？」

下一秒鐘，就像是看到什麼有趣的事瞇起眼睛：

「真難得高須同學今天會理我。怎麼了?啊、該不會是被掌中老虎欺負了吧?」

「囉唆……那是常有的……自從看到妳抱住我那天開始，我受了多少大河帶刺的攻擊，妳知道嗎……」

亞美發出鴿子般「咕咕」的笑聲：

「這不是很可愛嗎?吃醋的老虎!」

「可愛個屁!再說她也沒吃醋，只是單純不爽妳的挑釁而發脾氣罷了!如果妳抱的對象是櫛枝，她也一樣會生氣。」

「才沒那回事呢，高須同學是笨蛋嗎?你真的以為如果我當著那個傢伙的面，以同樣方式抱住実乃梨，她也會像對你一樣，對実乃梨說話帶刺嗎?」

「不要叫我笨蛋……那是因為妳和櫛枝都是女生呀!而且也是朋友……」

「唉──好好好，你說的都對!『我才沒有吃醋!』……哈哈，你和那傢伙一模一樣：『妳在吃醋吧?』、『我才沒有吃醋!』──你們兩個說了同樣的話，高須同學真有趣──!」

亞美將喝完的罐子輕輕一拋，漂亮的空心球飛進垃圾桶裡──罐子裡沒有滴出喝剩的飲料，也沒有撞到東西，更沒有掉出垃圾桶，讓竜兒隨身攜帶、對付笨手笨腳專用的濕紙巾沒有出場的機會。

「一點都不有趣。我說妳啊，別再用那種態度挑釁大河了，最倒楣的是我耶!再說什麼別墅……妳本來就不想邀我去，如果真贏了，妳有想過該怎麼辦嗎？妳要當什麼事都沒發生，隨便交代過去也行啦！反正妳也只是想惹大河生氣，所以才找我……」

竜兒站起身來準備將空罐子丟進垃圾桶。

「如果我沒有打算隨便交代過去呢？」

出乎意料的回答，讓竜兒不禁轉頭看向亞美。

亞美仍舊坐在牆邊看著竜兒微笑——那是天使的面具：

「很抱歉，我可是認真想要贏喔！也認真地希望，在贏了之後能和高須同學一起共度暑假的喔！當然我也希望看到逢坂大河出糗，不過我更認真地在考慮贏了之後的事……那個表情是什麼意思？嚇一跳？」

竜兒說不出話——他已經搞不清楚亞美的話是不是一如往常的玩笑話。看到竜兒的反應，亞美仍舊是那張笑臉，伸出纖細手指，指指自己與竜兒：

「我覺得滿有趣的。你不覺得——我們其實挺合得來的？」

「合……合個屁！」

「哈哈，生氣了、生氣了。」

「妳這傢伙！真是的，耍人也該有個限度。喂，喝完就快滾回教室！」

「我還要在這裡待一陣子——高須同學才該回去吧？」

「不用妳說我也會走！」

還沒打算進教室嗎？亞美對著竜兒「慢走～」揮揮手。明明都已經喝完飲料，還蹲在自動販賣機的縫隙……

這傢伙的個性，搞不好出乎意料地陰沉。

＊＊＊

「突然發現，明天就是決戰之日。」

「……」

「天氣好像怪怪的……雖然沒下雨……」

「……」

「天氣預報說明天是陰天，可是……」

「噗哈！竜兒你看到了沒？看到了沒！」

沒看到，我剛才在看天氣——說不出這種話的竜兒對大河點了點頭。

「嘿嘿，很厲害吧！我剛剛憋了有十秒吧！」

大河得意洋洋挺著假奶——從剛才開始就一直抓著竜兒在游泳池邊緣練習憋氣。

「是是，十秒了、十秒了！」

竜兒則是坐在兒童池邊緣──

「哎呀，有小混混！」

「不可以，小亞！不可以靠近！」

帶著孩子的太太在一旁發抖。因為這個游泳池原本就是小朋友與幼兒專用的，所以深度只到竜兒的膝蓋左右。

「喂，竜兒，我看起來像不像正在游泳？」

大河將手離開游泳池邊緣碰著池底，開始模仿鱷魚──

「哇噗！」

大概是手滑了，大河噗嚕噗嚕往下沉，雙手啪沙啪沙拍著水面，好不容易站起身來。就在她被嗆到而叫個不停之時──

「哎呀──！小亞不行──！」

小亞拿著大象澆花器，對著濕答答的大河頭頂淋去。

「真的是對不起～不行這樣！小亞──！」

「啊──」

小亞被年輕媽媽抱走了。大河說不出話來，神情微妙站起身走到竜兒身邊：

「即使是我，也不會對小孩天真無邪的行為出手啊……」

掌中老虎的敗北宣言——這還真是少見。

「本來高中生待在兒童池裡，就沒資格說話了。」

「那就是小亞生氣的原因嗎……」

在這個雨停的星期日，北村給的市民游泳池入場券總算派上用場。

竜兒與大河幹勁十足搭了二十分鐘的公車來到這裡，可是不但沒有出太陽、天空一片陰、氣溫沒有回升、游泳池水溫仍舊冰冷——大概是因為這些理由，來游泳的人並不多，重點的「四座游泳池」幾乎一片靜悄悄。

「大河，我們過去對面那個大游泳池吧！這裡如果有滑水道就好了……」

「有『流動游泳池』啦。還算勉強流得動……哇——那些傢伙真蠢吶！」

大河一面在地面留下小小的腳印，一面嘲笑在「瀑布游泳池」下打坐修行的國中生。竜兒本來打算告訴她——北村也幹過同樣的事情喔！正好發現旁邊有些派得上用場的東西。

「嘿！」

「噁！討厭！那是什麼？」

竜兒用游泳圈「咚！」套在大河頭上——不知道是誰借了之後就隨手亂丟。

「我也沒辦法，如果不想溺水就抓住這個吧。妳不是搆不到底嗎？來吧，我們要去『流

動游泳池』囉！」

「這……好丟臉……」

撲通！竜兒一腳跳進流的很慢的圓形游泳池裡。大河一邊努力不被游泳圈絆倒，一邊戰戰兢兢地跟著進入游泳池……

「唔哇！哇……腳真的搆不到底！」

竜兒抓住大河身上隨著緩慢水流漂動的游泳圈……

「總之，現在才開始練習自由式已經來不及了，明天也只能夠利用游泳圈或者是浮板之類的道具了……」

「不會吧！啊——丟臉斃了……為什麼會這樣？」

「沒辦法呀！現在才說妳不會游泳，所以不比了……不就正中了川嶋下懷？再說也沒規定一定要用自由式，上面的競賽內容寫著『自由形式』，所以應該能用浮板吧？」

「自由形式……竜兒，就是我們可以自由選擇游泳方式吧……」

「喂，別露出想到壞點子的笑容！妳先打水試試看吧。這個游泳池有水流，應該可以輕鬆前進。」

「唔……」

竜兒用手輕輕推了一下游泳圈，把頭探出水面，以蛙式陪著大河一起前進——

「這樣……？」

沙沙沙沙！濺起大片水花——有浮力相助的大河打水之後非常驚人。游泳池裡雖然有水流相助，不過那個速度也未免太快了，大河不斷急速前進，讓竜兒的蛙式根本追不上，只好連忙划手劃開水面追了上去：

「等、等一下！」

水花終於停了，大河輕鬆地藉著游泳圈的力量，一邊漂流一邊轉換方向，還一臉不可思議望著追上來的竜兒：

「怎麼回事？我游很快嗎？還是說這在『流動游泳池』算是正常的？」

「不、不是，真的游得很快。我也在『流動游泳池』裡……啊！等……我沒氣了……」

「是嗎？是嗎？那等一下我更認真地游，你也認真追追看！」

「沙沙沙沙！」強有力的打水再度開始，大河的身子快速往前推進。一般人戴著游泳圈不可能游這麼快的！

「騙人的吧！」

快到連划手都快追不上，竜兒只有使出自由式才行。他為了藉由拿手的游泳成為受人矚目的人物苦練至今，沒理由追不上戴著游泳圈的傢伙！

「這、這怎麼可能……！」

大河拚命地乘著水流游動，打水的水花越來越遠。竜兒雖然也是全速前進，卻怎麼樣也追不上大河。

這時大河不再繼續游，只是回過頭看著竜兒：

「你真是隻垃圾狗耶！這麼說來我很厲害囉？該不會就這麼贏過那個──」

「不可、大意！這裡、可是……有水流的！」

抬起頭的竜兒已經喘不過氣來。他終於追上大河，抓住她的游泳圈。

「討厭死了！幹嘛一直喘氣？變態！」

「……沒氣了……呼……沒辦法……呼……好難受……」

竜兒暫時隨波逐流，想辦法調整呼吸。

「啊～好久沒有這樣拚全力游泳了……」

是啦是啦──正打算開口回應的大河嘴巴才一張開就「呼啊……」發出呵欠聲，眼角流出的淚滴和水滴一起流落。竜兒不知不覺有些放鬆，盯著大河的眼淚發呆。

在這一番打水與漂流之後，不知是水聲還是搖晃起了作用，心情竟然逐漸平靜下來。兩人沉默了好一陣子，任由身體在水裡搖晃。

「總覺得……我可以這樣睡著……」

大河打了第二個呵欠，竜兒也跟著打了個大呵欠。看了一下旁邊，行動不便的老爺爺躺在浮墊上隨波逐流，旁邊有個像是孫子的小孩，身上套著鴨子游泳圈在爺爺身邊游動……

也就是說這些待在這個游泳池裡的人，沒有一個是靠自己的力量前進。每個人都把自己的身體交給水流，悠閒地完全放鬆……

「啊～看樣子我們來到幽靜的游泳池……」

「真的開始想睡了……」

「我也是……」

這是當然的。早上七點開始注意天氣，一邊準備一邊收看氣象報告，好不容易決定要出門時，已經是早上八點了。

接著還要處理小鸚的飼料、看牠剛睡醒的醜臉、宿醉的泰子睡到一半起來啜泣，可是又沒睡醒、大河甚至還把綁頭髮的髮圈擺在家裡……鬧了大半天，好不容易搭上公車已經是早上九點的事、換上泳裝進入游泳池已是十點了——就是這樣。

竜兒覺得在來游泳池之前，就已經浪費不少體力。

「明天的天氣如何……？」

「好像會下雨，游泳池不開放。」

嗯啊——兩人張著嘴一臉痴呆，就這樣抓著游泳圈抬頭看向略為昏暗的天空。大河像隻愛睏的貓咪，連抬頭都覺得麻煩，便懶洋洋把臉靠在游泳圈上：

「總覺得這樣……比較乾脆……我覺得……這樣應該最好……」

大河顯然很無力，這個心情竜兒也不是不了解──

「別說那種話，北村可是賭妳贏喔！聽到的時候很開心吧？」

竜兒為了讓大河燃燒起來，用了獨一無二的燃料，期待她的眼睛閃起戀愛火焰──

「嗯……」

「『嗯』是什麼意思啊，『嗯』！」

大河垮著雪白的臉頰不願離開游泳圈，失焦的視線望向水面。長睫毛上的水滴閃閃發光，滴落在纖細手臂上。竜兒目不轉睛看著那顆水滴，不自覺噘起薄薄的嘴唇：

「我們煞費苦心跑來這裡，連北村也特地幫我們加油，妳這種態度不對喔？」

可是大河卻不再說話，閉上薄薄的眼皮，任由髮絲在水面搖晃。這個傢伙，輸贏真的無所謂嗎？

竜兒不知不覺感到生氣。他想起了亞美的話：很抱歉，我可是認真想要贏喔！也認真地希望，在贏了之後能和高須同學一起共度暑假的喔！

和大河一起隨波漂蕩的竜兒首次有了「大河或許會輸」的想法。她在決心上就已經輸了！除了身為旱鴨子的不利因素外，她也不想讓北村看到自己為了竜兒努力的模樣。大河本身或許希望獲勝，但她卻在意想不到的時候，陷入無精打采的陷阱之中。

再這樣下去，大河明天真的會輸。如果她輸了，那我就……

「下雨了？」

「騙人……」

大河抬起頭，從天而降的冰冷雨滴在她的鼻尖。

正好遇上午餐時間，兩人一邊吃午餐（游泳池賣的炒麵），一邊等著雨停。

「大家好像都不等了，紛紛回家去了。」

兩人待在變成雨傘的遮陽傘下面，身上穿著泳裝的大河停住夾起炒麵的手……

「別人是別人。雨停了之後，我們就到沒有水流的游泳池游泳吧！」

「嗯。你的嘴唇發青耶！」

「妳的嘴唇上還不是沾到不少青海苔。」

大河似乎完全不在意嘴巴沾滿青海苔，皺著眉頭伸出手，看著遮陽傘外的雨，接著眉頭更加深鎖——

「雨好像很大耶！」

「看來下不完了……」

「氣溫也下降了……」

大河伸出手臂給竜兒看——看，起雞皮疙瘩了。白皙肌膚上起了一顆一顆的疙瘩，看得出風毫不留情吹著她濕淋淋的肌膚。

「感冒就完了……吃完麵就回家吧？」

竜兒的提議也是顧慮到大河剛才無精打采的模樣——

「要回家了嗎……」

大河臉上的表情很奇妙，像孩子一樣天真無邪，又帶著點不滿回望竜兒。

「妳都起雞皮疙瘩了不是嗎？而且我的嘴唇也發青了，這樣下去不好吧？」

「話是沒錯……可是還沒有練夠啊！剛剛也只是漂了一下而已……」

大河張大嘴巴把炒麵吸進嘴裡，將臉頰塞得鼓鼓的。竜兒看著神情有些固執的側臉——看來她內心的猶豫似乎比較傾向不回家。

「不回去嗎？可是天氣變冷了，妳還要繼續練習嗎？雖然我也希望妳繼續練習……」

「嗯，繼續練習。天氣雖然冷……我也很猶豫……很猶豫……很多事……不過我還是想再努力一下。」

這傢伙真難伺候——竜兒偏過頭才想到：啊，對了！我知道為什麼了！一定是剛才的戀愛燃料終於在身體裡開始流竄了……

「也對。難得北村送給我們入場券，裡面包含了北村幫我們加油的心情。如果這麼浪費掉就太可惜了。」

大河的眼角向上一挑：

「才不是因為那樣！才不是那個原因！我說要努力是因為……我決定要繼續是因為……算了！反正跟你這隻大笨狗說什麼也沒用！」

「什麼意思？」

「沒事！」

大河粗暴地將吃完的炒麵盒子蓋起、把免洗筷子隨手亂扔。竜兒不知道她在不爽什麼，反正就是心情突然變得很差。可是，竜兒對於那種無預警的不爽也很頭痛。不，竜兒也不知不覺火大了。

「我……我也很猶豫啊！你懂不懂啊！如果我為了這種事努力的話，北村同學搞不好又要誤會我們的關係了！可是、可是……我想好好努力，我想努力啊！因為……因為你──」

竜兒與大河四目相對了──在昏暗的天空下、遮陽傘底下，大河的眼睛射出強烈光芒。平常的竜兒會直接了當面對她眼裡的光芒──不論大河心裡想說什麼、不論大河心裡想的是什麼、要怎麼做才能讓她心情變好……竜兒對大河的放縱與嬌寵，幾乎到了沒出息的地步。因為竜兒本來就是個心地善良到無藥可救的傢伙，有時候他會把同吃一鍋飯的大河當成

是妹妹或戰友看待，而且他也很清楚大河其實是個相當笨拙、不善言詞的傢伙。

然而現在他卻無法面對那道光芒……

「和你完全沒有關係——！」

大河一如往常說完這些話之後，便轉身斜眼冷冷瞪視竜兒，讓竜兒不禁莫名發火。

是因為很冷？很無力？很累？炒麵難吃？還是打賭紙條上的那些丟臉意見刺傷了自己？還是說原因其實更單純？只是因為自己對大河這麼好，大河卻總是總是總是……總是說：「竜兒的事情與我無關！」

「啊……這樣啊！那就算了吧！不用再練習了……反正妳根本沒心要做嘛！」

因為這一切的一切老早就深埋心底的關係？

聽到竜兒僵硬的聲音，大河的眼睛瞬間變色：

「你這是什麼意思……？誰說我沒心要做？我不是說要練習了嗎？我不是說了不回家、要練習了嗎？」

「別勉強了，反正我的事與妳無關不是？這樣明天的比賽取消就好了呀！努力練習根本沒意義！這樣一來也可以向北村證明妳不在乎我不是嗎？我再去跟亞美說，叫她不用找北村一起去別墅、也不用找櫛枝一起去，這樣合妳的意了吧？也不用再擔心什麼，很棒吧！暑假看妳要去吃便利商店的便當、或是叫車站前中菜餐館的外賣都可以！」

大河冷靜地直視竜兒，眼中充滿怒意：

「——什麼意思？」

「就是妳聽到的意思！不用練習也不用比賽，這樣妳滿意了吧！北村也不會去別墅，只要妳的三餐沒問題，其他就沒什麼好擔心了吧！我要和誰去哪裡妳都沒有資格、也沒有理由干涉對吧！」

「……是啊是啊，你說的是！」

彷彿是在笑的聲音，從大河毫無血色的唇間流瀉出來：

「總算露出馬腳了吧！如果我一開始就注意到，就不用像笨蛋一樣吃那麼多的苦了！」

「啥！妳這是什麼意思？什麼叫露出馬腳！」

「你其實很想去吧！很想去『川嶋亞美的別墅』！真是笑死人了！你其實很想和可愛的女孩子一起共度暑假對吧？這是當然的啦，和我在一起，難得的暑假就報銷了！想去的話，不會一開始就說清楚嗎？啊——還是說……原來如此啊！你是在利用我嗎？自己開口說想去太難看了，所以拿我當成藉口，只是想裝裝樣子——『我也不是很想去啊，可是沒辦法嘛！』——你是笨蛋嗎！」

「妳……」

為什麼會搞成這樣！想要大吼的憤怒讓竜兒腦袋一片空白。我是為了什麼每天陪妳一起

看氣象？我是為了什麼陪妳練習打水？我是為了什麼陪妳到這裡——這傢伙竟然還敢說這種話？妳的眼睛瞎了嗎！

「我真的完全——搞不懂妳這女人是怎麼回事！」

「我才想這麼說咧！」

大河吼了回來。然而竜兒不是很了解她話裡的意義，反而更加深他的怒火，讓他更加氣憤地繼續說下去：

「前陣子也是這樣！妳老是這樣！嘴裡說著我的事無所謂，心裡卻逕自胡亂解釋，把我當成壞人！為什麼妳老是這樣？我和川嶋抱在一起又怎樣！為什麼我非得被妳帶刺的言語責罵呢！」

「你又提那件事！」

大河發飆了——她踹翻桌子站起身來，拔起遮陽傘丟向竜兒。雨還在下，四周沒有其他人，寂靜的池畔只有風聲吹過：

「為什麼？到底為什麼！為什麼你就是不懂？我根本沒生氣！我才不是在生氣！我不是從一開始就這麼說了嗎！我只是因為別人老對我心裡想的事——」

「咚！」大河握拳朝著自己胸前一敲，聲音已經啞了——

「——露出一副自以為了解的表情！我只是討厭這樣所以生氣！什麼叫我對竜兒生氣？

什麼叫我想說竜兒是我的東西？搞什麼……這算什麼……？你們到底懂什麼！我對竜兒的感覺又有誰了解！有誰知道啊！怎麼可能有人了解！我根本沒對任何人說過啊！甚至連我自己也不了解！」

大河怒吼的內容，竜兒只聽到一半——因為竜兒剛才為了躲開飛來的遮陽傘，一不小心摔進兒童池裡。拚命爬上岸……

「咳咳……妳剛剛……說什麼？」

「我說我要放棄比賽！你要去哪就去哪！」

竜兒看著大河擦拭眼角往女子更衣室走去的泳裝背影——

「隨便妳！笨蛋！」——嘴裡雖然這麼說，但竜兒心裡還是期待：反正大河等一下又會依照慣例笨手笨腳跌倒、弄丟重要的東西，然後又來拜託我幫忙。這樣一來，我就可以嘆口氣說聲「笨蛋！」，然後一切恢復原狀……

大河沒有回頭，一個人搭計程車回去了。

晚餐時間也沒過來。

竜兒也沒去叫她吃飯——看來這次好像真的和大河鬧翻了。

在晚上十一點靜悄悄的高須家裡，竜兒對著鳥籠說：

「我應該沒有錯吧……？」

小鸚就和一般的鸚鵡一樣，發出「啾啾啾」的聲音。不肯直視竜兒的眼睛……

5

唔——！

竜兒從莫名其妙的夢境裡醒來時，正好清晨五點，天空矇矇亮。

睡了一晚，胸口還是有一股不爽與氣憤的餘火，但已不像昨天那麼旺。沒有熊熊火焰，只有灼燒內心的熾熱。

八成是因為自己太生氣了，所以才會突然醒來吧？這麼一來他又更氣了。

他搔搔頭離開床，上完廁所之後，光腳踩在冰冷的廚房地板上洗手……總之，先打開廚房櫃子再說。

拿出前陣子泰子從店裡帶回來的高級火腿——聽說是某位客人送的，原本打算等到特殊日子再吃，所以一直擺到現在。

總之——先來做便當吧！

已經醒來就睡不著了。再說，如果不做點什麼，內心也靜不下來……大河與亞美的比賽已經無所謂了，天氣、游泳池，還有暑假統統拋在腦後……總之，來做便當吧。幸好絞肉還有剩，要不然就拿今天晚餐要用的雞腿代替。蔬菜還有洋蔥、茄子、青椒、香菇等。竜兒用手攪拌作出分量滿點的菜肴——主菜是海苔捲火腿排。用奶油煎過之後，再灑胡椒鹽，再配上偏甜的煎蛋當餡料，擺上白飯捲成大大的海苔捲。

把它做成便當吧！竜兒有些自暴自棄。正當他打開冰箱準備拿出材料時，玄關的鎖「喀嚓！」打開了。

「哎呀呀……？」

泰子發出不可思議的聲音探出頭，看到兒子便展現笑容：

「小竜怎麼醒來了～～？」

渾身散著酒味，開心地蹦蹦跳。

「眼睛自己睜開了，所以起來做便當。」

竜兒在玻璃杯裡注入麥茶遞給泰子，喝醉的泰子仰起脖子一口喝乾：

「啊，真好喝～～！對了，你和大河妹妹重修舊好了嗎～～？」

「還沒。」

竜兒一邊切著洋蔥，一邊乾脆搖頭……沒必要對個喝醉酒的傢伙裝模作樣。

「這樣啊……不過，這還是小竜你第一次和人吵架呢……」

「是啊。」

的確如同母親所說。

說來丟臉，到目前為止，竜兒從不曾對他人大吼、真的吵起來。平常頂多就是不太嚴重的爭執、或是因為對方說了不中聽的話，讓臉上笑笑的竜兒氣在心裡——這樣的程度罷了。可是像這次這樣，任由負面感情支配槓上對方，還真的是第一次。問問竜兒的感想，他只想說，感覺真是差！

啊呼——泰子也嘆了口氣。

「你們兩個～為什麼會吵架呢……？難得有機會開開心心去游泳……」

泰子坐倒在廚房地板上，不過這回竜兒沒有抱怨：

「我想……是因為大河說我怎樣她都無所謂……所以我才會生氣吧……」

「原來是這樣啊……可是小竜應該懂吧……？大河妹妹每次都是……口是心非……」

俐落的刀工讓砧板上的洋蔥一下子化成細末，刺激著眼睛和鼻子——竜兒心想：真是好洋蔥啊！

「大河妹妹……已經……很清楚暗示你囉……大河妹妹……很喜歡小竜……她絕對……

不是真心希望……你和其他人出去……喔……」

再切一個吧！

「雖然不知道她想不想和你交往，可是……小竜～她一定不討厭你喔……她就算肚子再餓，寧願餓死也不和討厭的傢伙吃飯……所以泰泰才……這麼認為……」

泰子冰冷的手輕輕觸碰竜兒的小腿。

像是要給予力量、像在哄孩子一樣拍了幾下。

然後——

「嘶……」

手滑落在地，發出充滿酒臭味的酣聲——今晚依然喝太多的泰子就這樣睡著了。

「……真是的……連妝都還沒卸……」

竜兒洗了洗滿是洋蔥味的手，把醉倒在地的傢伙抱到寢室。竜兒讓泰子躺在一直沒收起來的睡舖上，突然想起令人懷念的回憶……

泰子的香水味和從前一樣——那個帶有香料風味、帶點甜味的清爽香氣出乎意料符合泰子的風格。

比這裡更加雜亂的城鎮回憶偶然甦醒——來接孩子回家的泰子，為大樓裡的昏暗托兒所帶來光明。被叫醒的竜兒雖然愛睏，但仍舊開心地飛撲上去——『小竜！對不起喔！對不

起！』被泰子抱起時，就會聞到那個香味。明明是寒冷的冬天，緊緊抱住的脖子上卻仍然香汗淋漓——即使身穿高跟鞋與迷你裙，泰子仍然不顧一切從店裡全速衝刺而來。

雖然偶爾會忘記，不過這傢伙果然是自己的媽媽——竜兒在心中認同這一點。就算自己到了這個年紀、就算自己能夠一個人睡，泰子寬容的話語還是能夠撫慰人心。

自己的便當盒旁邊擺著大河的便當盒——雖然令人討厭、雖然正在吵架，但看在泰子的份上，還是做個便當給她吧！不管怎麼說，可是很難得有這麼高級的火腿，自己也難得打算做個超豪華便當。

……說我有戀母情結？

戀母情結有什麼不對？

遮滿天空的銀色雲層不斷飄下小雨。

「大河！喂，等一下！」

竜兒一邊避開水灘，一邊追著薰衣草色雨傘。在樺樹林蔭大道下，竜兒站到她的面前：

「我不會說要妳跟我一起走！……只是要給妳特地做的便當！妳從昨天開始就沒吃什麼東西吧？我把早餐另外裝在保鮮盒裡，妳到學校就可以吃了！」

「……」

大河的眼睛釋放莫名強烈的光芒，不發一語——看不出是不是在生氣，只是看著竜兒的腳邊，表情冷漠到猶如正瞪視擋路的石頭。

竜兒遞出的便當袋停在兩人之間。

他再前進一步，更接近大河，把便當袋塞進她的手裡。雨滴在竜兒的手背上：

「下雨了……」

「……」

「我很希望能放晴……」

大河瞬間看了竜兒的臉一眼。竜兒趁著遞出便當之際，找尋著可以說的話。自己也不知道是不是有什麼話要告訴她，只是兩人明明還在吵架，自己卻做便當給她，所以竜兒想要化解這種矛盾的行為、想要找些藉口，而不是想要得到她的原諒——

「放晴、的話……妳就能夠為我參加游泳比賽……」

咦……？

竜兒一邊這麼說，一邊不解地偏著頭。我希望大河參加比賽嗎？好像……是……？因為我都這麼說了。

可是，為什麼？

應該是不希望和川嶋一起去別墅度假吧？

可是這種事只要明白拒絕川嶋，不就能夠解決了嗎？她又不可能勉強我去。

話雖如此，我卻說不出口，我沒有拒絕川嶋。

為什麼不說呢？不拒絕川嶋、希望大河在比賽裡獲勝，到底為什麼？因為大家不管三七二十一就把我牽扯進來？因為沒有人給我拒絕的機會？所以才會找藉口，說是那些傢伙強迫我、所以才會說他們無視我的想法。問題是……我真正的想法是什麼？

內心的自問自答讓竜兒吞下想說的話。

「啊……」

竜兒手上的便當被搶走了。

大河的眼神仍舊冷漠，不過她總算開口：

「便當是無罪的，所以我接受。可是我絕不原諒你！絕不！」

大河用力收起薰衣草色的雨傘，耀眼的光亮射向竜兒的眼睛，讓他不禁瞇起眼睛。

「游泳比賽與我無關！」

竜兒心想，不管有沒有關係，這種天氣下也不可能比……總算能夠睜開眼睛——眼前的景象讓他嚇了一跳，傘也從手中無力落地。

就在此時，銀色的雲層裂開了。

夏日的陽光就在眼前射下，狠狠曬在肌膚上。藍色的天空向兩旁蔓延。大河低垂的睫毛上開始閃爍晶亮的光粒子。

＊＊＊

「哎呀～老師總是待在體育老師辦公室，不常出現在教職員室裡呀——所以呀～我在想呀～如果可以和老師好好聊聊天，應該會很開心！老師也不常跟我們去喝一杯耶～」

「啊，喝酒我不行！」

「喔——那晚上呢～？都在做些什麼～？還有假日呢，該不會是和女朋友～？」

「我喝乳清蛋白！上健身房！」

「喔——原來如此啊～！哦哦、真好——其實我也想去健身房喲～去上上瑜珈課或是彼拉提斯之類的！」

「健身房很棒！健身器材，很棒！」

「不是還有什麼熱瑜珈嗎～？」

「還有重量訓練！強化肌肉！增強體力！」

「那個……我對……那個……訓練肌肉……」

「我很滿意自己最近的身材！妳看！鍛鍊得很棒吧！如何？這樣！這個背！肩膀！大腿！怎樣！」

「真……真是可靠耶——好棒……這就叫做渾身肌肉嗎……？」

「請說『巨大』！哼！唔！」

「巨、巨大。」

「說『結實』！妳看！喝！」

「結實……」

戀窪百合（29歲．單身）搖搖頭站起身——不行了，完全無法溝通，果然還是太勉強了。春田指著她大笑：

「哇哈！百合退場！真慘——！」

春田與竜兒坐在許久不見的藍天下，曬著太陽溫暖身體。

「不過話說回來，今天的兩位主角跑哪裡去了？」

「好不容易放晴了……」

眩目的盛夏太陽在2—C同學頭頂大顯神威，卻沒有任何人進入搖曳著澄藍光輝的游泳裡。所有人都在池畔一字排開坐好，口中說著——「慢死了！」「你賭幾注？賭誰？」身為體育老師的肌肉黑似乎也知道學生今天要舉辦某種活動，靜靜地在一旁專心監視兼曬太陽。

竜兒嘟著嘴，和春田、能登、北村等夥伴坐在一起，擦著流過太陽穴的汗水。春田戳戳他的肩膀：

「喂，高須，掌中老虎會來吧？」

「我怎麼知道她會不會來……」

昨天吵成那樣，今天八成不會來了——可是即使對方是能登，這種話他也說不出口。班上的違法賭博行為滾滾發燒，等注意之時，亞美與大河的賠率已經不相上下。據說還有一口氣賭二十注的強者。賭大河贏的傢伙理由都是一樣——「因為高須自信滿滿！」結果，害得大河放棄比賽的人也是竜兒——這下子叫他如何開口交代？

胸前掛著哨子，沉默地坐在跳水台上的実乃梨，是這次的中立裁判。

一旁角落的觀眾突然尖叫起來。發什麼事了？

「真對不起～～！我在綁頭髮，花了不少時間～～！」

唔喔喔喔喔喔喔喔喔喔……聽到了撼動大地的聲音——這是感嘆的聲音嗎？就連竜兒也不禁探出身子加入驚嘆之列。

亞美以小跑步的姿態現身了！

頭髮編成漂亮的辮字，一如往昔可愛的臉蛋加上完美的身材。不過這一次——

「比、比基尼！」

「今天的記憶，我死也不會忘記……！」

——她身上穿著全黑的比基尼。

鮮明的誘惑乳溝、只有一小塊危險三角布支撐、看來頗有分量的胸部、雕塑般的美麗腹部，還有小小的長型肚臍全都露了出來。亞美已經從天使身分畢業，變身成為惡魔——容姿兼備的惡魔。

「最近一直在下雨，泳裝怎麼也乾不了！這……討厭啦！大家是怎麼了？這樣看著我，我會很難為情耶！可是這會不會違反校規啊？我好擔心喔……」

亞美的臉頰紅通通，有些傷腦筋地噘起嘴唇。泳裝乾不了……？最後一次上游泳課已經是上上週的事了……不過現在似乎不是吐槽的時候。竜兒像個笨蛋一樣，半張嘴巴看著亞美的模樣——耳朵突然冷不防被揪住……

「那個漂亮的亞美，等等要游泳對吧……？」

「她是為了要帶高須去別墅才這麼做對吧……？」

「為什麼只有高須為什麼為什麼為什麼為什麼為什……」

「麼為什麼為什麼為什麼為什麼只有高須！」

「好痛好痛好痛！」

右耳是春田，左耳是能登。在嫉妒視線的照射下，竜兒痛苦扭動身子。

「真是，你們住手！到底比不比賽，連我也不知道好不好！如果大河不來的話，比賽不就取消了嗎！」

「咦?掌中老虎不來?為什麼?」

「問我為什麼……我怎麼知道……大概是覺得太蠢不想來吧！那傢伙本來就對這場比賽一點都……」

唔哇啊啊啊啊啊啊啊啊啊！一旁又傳出尖叫聲，不過氛圍與剛才的聲音聽來有著微妙不同。竜兒一邊心想：「又怎麼了?」一邊轉過視線——

「唔哇……！」

這是——驚愕的叫聲。

「嚇死人！我還以為掌中老虎全副武裝！」

「怎麼看都會以為她穿著防彈背心吧！」

這次出現的是——大河。

頭髮紮成兩團，泳裝是比基尼——才怪，是之前那套裡面裝有胸墊的深藍色泳裝。可是讓觀眾吃驚的是裹住小小身體的各種浮具。身上套著吹好氣的大小游泳圈，雙手腋下還有手肘夾滿浮板、海灘球以及小氣墊。總之她就是把所有可以「浮起來」的東西統統戴在身上就對了！浮具多到幾乎看不到皮膚。

「喂、喂！妳打算這副德性游泳？」

亞美指著大河大叫。大河昂然抬起下巴：

「沒錯。不行嗎？難道妳要說禁止攜帶『異物』下水？」

「這不是廢話嗎！不會游泳就算是不戰而敗呀！」

「啊，是嗎？那麻煩妳把泳裝脫掉吧！泳裝也算是『異物』吧？妳打算全裸上陣嗎？哦——真厲害！果然是高手！可是我想妳會被警察抓走吧。」

「歪理、狡辯！」

「哎呀？還是……妳怕輸？也對啦，如果輸給了不會游泳的人，那還真是丟臉丟到家了……我懂我懂……」

咕！亞美一時氣到說不出話來，但她馬上恢復悠哉的笑容：

「哼，妳愛怎樣就怎樣，隨便妳！反正妳也不可能因為穿成那樣就會游泳。唉，總比上次溺水的樣子好些吧？」

「多謝妳的關心，不過妳才應該要注意吧？游泳意外可是很恐怖的喲……沒有人能夠預料會發生什麼事喲！」

「哼！」兩人各自撇開臉去，結束險惡的前哨戰。

実乃梨站起身來：

「那麼，接下來25公尺自由形式來回一趟比賽即將開始！先請熱情有勁的亞美為我們說句話吧！」

「好——！總之我會快樂地游！就是這樣♡」

眾人熱烈鼓掌，還有男同學厚顏無恥的歡呼聲在池畔響起：「亞美超可愛的啦！」「亞美加油！」「我喜歡妳！」「我是認真的！」実乃梨繼續說：「大河，妳也說句話吧！」

「也好，既然這樣我就趁這個機會說清楚——那邊那個眼神凶惡的傢伙！就是你！」

突然被指名的竜兒，嚇得跳了起來。大河指向這邊的食指上還沾著海苔……仔細一看，唇邊也有海苔……看來她把早餐的海苔捲吃了。

「你少得意……我才不是為了你才來比賽的，我是因為這個蠢蛋吉娃娃——」

「誰是蠢蛋吉娃娃呀！」

「竟然囂張到穿愚蠢比基尼……想要給她一點教訓，讓她難看罷了！」

「什麼是愚蠢比基尼啊！」

「就是妳身上的愚蠢比基尼啦！我還是第一次見到有笨蛋在學校游泳池穿比基尼的！」

「有意見嗎！這樣穿可愛呀！」

「蠢斃了！」

「妳那身裝扮有什麼資格說我！」

大河不再對竜兒投以輕蔑的視線，但是竜兒閃著光的眼睛危險上揚，不斷盯著大河。不是想用視線將大河的泳裝撕成比基尼，而是再次嚇了一跳——原因並非大河身上無數的游泳圈，而是大河竟然現身了。

竜兒沒想到大河竟然會參加比賽，因為她不是說了嗎？我絕不原諒你！游泳比賽與我無關！她說是因為看不慣亞美的比基尼，所以才會出場……

除了竜兒之外，現場觀眾給了大河與亞美發言時相同的熱烈掌聲：「幫我賺錢！」「延續最強傳說！」「鬥魂！」「師父——！」風格雖然有點不同，不過激烈的加油聲，依然震撼了盛夏的游泳池。

「吵死了！閉嘴，你們這些蠢東西！」

接下來兩人按照実乃梨的指示乖乖做完暖身運動，確實朝心臟地方潑水之後——

「那麼……各就各位！」

亞美和游泳選手一樣，熟練地站在跳水台上彎下身子。而大河則是——

「喂喂喂……掌中老虎也打算跳水嗎？」

「直接從水裡出發比較好吧？」

「別逞強啦！」

——連觀眾都為之感到不安……但大河還是挺立在跳水台上。

亞美斜眼看向大河，彷彿看到笨蛋一樣「哼哼」嘲笑起來。

大河看到亞美的嘲笑，只有加以無視轉過頭去。

「預備——」

含著口哨的実乃梨舉起一隻手，四周突然變得鴉雀無聲。正當亞美開始在跳水台上的雙腳凝聚力量時，大河突然指向亞美小腹——

「啊，毛！」

「咦！」

嗶——！尖銳的哨音響起，比賽開始！可是亞美卻被大河影響而抬起頭——

「唔！」

什麼！

在場所有人全瞪大了眼睛——當然包括竜兒與亞美。

就在哨音響起同時，大河將手中所有的游泳圈全部丟向亞美。看到迎面而來的眾多游泳圈，亞美錯失了跳水的好時機，而在跳水台上搖搖晃晃失去平衡。

接著，老虎咧嘴露出獠牙、發光的眼睛如噴火一般，舉起的手上竟然拿著木刀！原來多到蓋住身體的浮具就是用來掩飾那把刀！另一隻手上抱著最後一片浮板，張開血盆大口朝亞美殺去。

「喝！」

「呀——————！」

沒有發出多餘聲音的大河，為了不讓對手擊中而高高飛舞在空中，用精采絕倫的迴旋踢給予關鍵一擊，失去平衡的亞美順勢倒栽蔥跌入游泳池裡，激起驚人的水花。於是大河也跟著一起跳入游泳池——

抓住游泳池裡的亞美，在水中扭打成一團……兩人正式開打？

「情況究竟如何！」

「好激烈！太激烈了！」

在尖叫與歡呼聲中，竜兒已經呆滯……逢坂大河，妳究竟是什麼人……妳做出這種事來……真的可以嗎！

四條雪白手臂拍擊水面，然後便沉入水中，繼續你來我往。

「噗哈！」

大河先抬起臉來。她抓住浮板，嘴邊扭曲出連惡魔看了都會想要打赤腳逃跑的微笑。

亞美跟著抬起臉來，可是眼裡浮現著驚愕，因為，大河舉起的木刀前端——

「咦……」

「就跟妳說了吧，穿什麼愚蠢比基尼！這麼容易就能脫掉……妳、還有這身泳裝都蠢到

無藥可救。」

亞美比基尼的「上半身」，被大河高高舉起。

「呀啊——————————————————————！」

亞美的慘叫聲直達天際。

「唔哦——————————————————————！」

男同學的騷動聲幾將裂地。

亞美雙手遮住曝光的胸部，已經顧不得什麼天使面具，拚命想要搶回泳裝。不過大河可不是省油的燈——

「拿得到的話就來呀！」

眼前的木刀如釣竿般漂亮一揮，濕淋淋的泳裝便在空中飄飄飛舞，最後無情掛在出發地點後的欄杆上。

「不敢相信！不敢相信！真是不敢相信——————！」

無論她怎麼哭怎麼鬧，事實就是事實——雙手抱胸的亞美根本動彈不得。

趁這個時候，大河緊緊抓住浮板，以驚人的氣勢打水滑過水面出發，那種速度可不是平常人做得到的——

「太好了！這下子掌中老虎贏定了！」

「畜生！太卑鄙了！」

「亞美就由我來拯救！」

看著快速前進的大河，亞美的支持者當然不可能默不作聲。大家開始衝去拿回比基尼的上半身，準備交給亞美——

「豈能讓你們如願！」

「雖然對亞美很抱歉，但還是要阻止你們！」

大河的支持者也從另一側朝比基尼狂奔。兩方敵對勢力你爭我奪，不停搶著比基尼，終於由某一方得手——

「啊，等一下，我聞一下味道！」

「就算只有一下子也好，讓我摸摸看！」

男同學們忘記當初的目的，又開始搶起比基尼——

「大家團結起來吧！賭金怎樣無所謂了！我只想看著這副模樣的亞美！」

「哦哦哦！」不少人發出認同的聲音，將視線轉向游泳池，凝視著肌膚雪白的亞美。亞美只好把身體浸入水裡，大聲叫道：「快點還我！笨蛋！」

「這些色胚真是的！滾開！亞美，接住！」

「幹得好！麻耶！」

麻耶殺入男同學之中奪回泳裝，朝著亞美丟去。

「亞美！我現在過去幫妳！」

「我也要過去！」

「想太多！不管賭金或是泳裝，還是亞美的白色肌膚都是我的！」

「引發特殊事件的人是我！」

「不要啊————！」

滿腦子邪惡思想的蠢蛋，為了各自的目標追著泳裝一起跳進游泳池裡。実乃梨激動地吹起哨子——

「喂！那邊的傢伙！不准接近選手——！以性騷擾罪名逮捕你們喔——！喂！可惡！聽一下人家說話呀！」

根本沒人理會警告。

「拿到亞美的泳裝了！」

「給我！」

「亞美沒事吧？有沒有受傷！」

「呀——！別過來別過來別過來——！我不是叫你不要過來，聽不懂人話嗎！」

「亞、亞美……？」

「剛剛……好像有什麼恐怖的聲音……」

「呀嗯～♡你們聽到什麼了～？」

一旁的女同學互看了一眼，臉上滿是怒意地站起身：「饒不了你們！」

「你們給我克制一點！」

「這群色胚！」

女同學將男同學從亞美身旁拉開，打算將他們拖上池畔時，另一批傢伙又跳進游泳池裡——「參戰！」「這麼有趣的事，我們怎麼可能只是旁觀！」「你也一起來！」春田與能登也跳了進去，順道連北村也一起推下水。

呆呆留在原地的竜兒，與身處比基尼爭奪圈之外的主角不知不覺四目交會。都已經這種時候，亞美還有閒情逸致對竜兒微笑：

「哼哼，想看嗎～～？」

「這個笨蛋……！」

稍微挪開遮住胸部的雙手……其實她還遊刃有餘吧！

在她背後的黑色比基尼，有如怪鳥般從由亞美頭上飛去——「傳給我！」「不要讓男生拿到！」女同學好像在玩水上排球，巧妙傳遞亞美的泳裝。

「亞美！給妳！傳球——！」

「太好了！3Q！」

泳裝終於回到亞美手裡。亞美立刻沉入游泳池底，當她再度浮上水面時，就已經穿戴整齊。她沒有閒功夫多說廢話，馬上開始認真地以自由式一決勝負。

所有觀眾的目光全部集中在亞美身上，只有竜兒看著大河。大河有沒有好好游呢？是不是順利前進、沒有溺水呢？會不會又要笨了？還是為了什麼正在煩惱？雖然昨天吵成那樣，還是無法不在意——

「喔！」

竜兒發出扼喉般的慘叫。

大河的確正在打水沒錯，但就在竜兒看向她的下一秒鐘，嬌小身軀便突然沒入水中。

沒人注意的竜兒站起身來，一心一意地朝游泳池飛奔而去，全力划水前進。

只能看到大河拍擊水面的雙手。她一定溺水了！可是明明帶著浮板，為什麼還會……？這是為什麼？竜兒一邊游一邊思考，看來非得去問本人才會知道。

「大河！妳還好吧！為什麼會溺水？」

竜兒想抱住她，讓她的臉浮出水面，可是大河卻拚命揮舞四肢——都已經溺水了，還硬是要揮開竜兒的手。痛苦扭曲著臉，發紅的雙眼帶著淚水，似乎打算要說什麼……

「放開我！你給我滾開！」

「這時候怎麼可能放開妳！」

「吵死了，我最討厭——痛痛痛痛痛痛！」

「怎麼回事！」

「啊、腳、腳抽筋了！」

「這就是妳使出卑鄙手段的天譴！」

竜兒正打算對実乃梨說「已經不能游了，比賽結束！」——

「別管我！我還可以比！浮板！浮板！」

明明都已經痛到連臉都皺了起來，大河還是咳了幾下調整呼吸，揮開竜兒的手再度抓住浮板，勉強伸出似乎很痛的右腳踢水。

「妳、妳還要繼續嗎？」

大河炯炯的目光只是看著前方。

「繼續！」

「可是妳——」

不是說已經不關妳的事了？不是說只是要讓蠢蛋吉娃娃丟臉罷了？如果只是這樣，剛剛的舉動已經讓她夠丟臉了不是嗎？大河狠狠瞪著竜兒那張說不出半句話的臉：

「很開心吧！」

「什……！」

「『什』是什麼！主人為了你這麼努力，你應該表現得開心一點！這隻駑鈍的笨狗！」

再度向前游的大河已經沒有說話的餘力。竜兒毫不猶豫抓住了大河的腰，趁勢用力——

「那就上吧！妳要我搖尾巴還是幹嘛都可以！」

竜兒用力將大河往前推，大河便乘著那股速度再度打起水來、順利向前游去。然而，此時竟然發生了意想不到的意外——

班上同學為了爭奪泳裝全都跳進游泳池，演變成亂七八糟的男女大混戰，到處都是將別人沉入水裡或者丟進水裡所製造的水花。

大河開始向前游泳，可是身後的竜兒卻被旁邊的人壓進水裡。

「咦咦？竜、竜兒——！」

「啵囉啵囉……」

竜兒的頭不曉得是被對方的手肘還是膝蓋撞到，瞬間渾身無力……他知道自己在下沉……最後一眼只看到大河打起驚人的水花往回游，圓睜的大眼睛一直看著自己。竜兒正感覺到游泳池的喧鬧更加激烈，也知道沒有人注意他。

「騙人的吧？竜兒！竜兒——！」

大河的聲音越來越模糊，呼吸也快……不，可以呼吸了。

動彈不得的身體被用力拉起擺在浮板上……吧？

「有沒有人……喂、來人……咳！……噗咳噗咳……咳！可惡——！」

抱住他的小手很難算得上是可靠，但是自己的手臂根本動不了，眼前更是一片黑，這八成就是半昏迷狀態吧……雖然知道這一點，但知道歸知道，卻什麼也做不了，只能依靠支撐住自己的那隻手趴在浮板上，臉也抬不起來。

竜兒從搖搖晃晃的浮板上滑入水中，喝到冰冷的池水……就在快要嗆到之時，一隻小手牢牢圈住他的脖子，溫暖而輕柔地支撐他的下巴。從皮膚接觸的水面觸感，竜兒知道現在的自己大概正在緩緩前進。

眼皮隱約能夠張開，眼前的景象比想像中搖得更厲害。第一眼看到的正是——

「嗚嗚——」

大河在哭。即使這樣她還是不放開環住竜兒脖子的手；即使自己也快要沉到水裡，她還是拚命抓著浮板，划著水朝終點前進；即使事情變成這樣，她還是不肯說出「放棄」；即使哭得像個孩子，她也絕不認輸。

可是兩人背後似乎有某個速度超快……類似海豚的物體急速接近。聽到有人在大叫「為什麼變成高須和老虎兩個人一起參賽了？」「哇！被追過了！」「高須，你他媽雜碎——！」「上呀！上呀！亞美！」

不論大家說什麼，半昏迷的竜兒都無法回應，他只知道海豚從自己的眼前快速橫越而過。在嘶啞的慘叫與加油聲中，亞美簡簡單單追過使用浮板的笨拙雙人組，破水前進。

「到達終點！正義獲勝——！」

亞美似乎說了什麼……

亞美的聲音傳來同時，抱著浮板的小手也失去最後的力氣。歡呼聲才剛湧起……又立刻止住。接著聽到有人說：

「……高須和老虎，是不是溺水了？」

是的。

我們溺水了。

應該說——腳比原來更痛的大河用盡最後的力氣，將竜兒留在水面的浮板上，自己慢慢沉入水中。

「怎麼會——！」

亞美再度高聲哀嚎。「咚！」一個頗具重量的身體躍入水中，異常巨大、異常結實——肌肉黑面臨督導管理的重大危機。

「咳……咳咳咳咳！」

被拖上岸的大河痛苦地跪在地上咳嗽。

身旁的竜兒仍處於半昏迷狀態，躺在池畔連一根手指也動不了。遠遠響起不知是誰說話的聲音：

「高須沒事吧！」

「他還有呼吸！」

「好，我們送他去保健室吧！」

不，我沒事了——我知道肺部總算吸進滿滿的氧氣，混亂的腦袋也總算逐漸清醒。竜兒正打算以手肘支起身體，好讓大家別為他擔心……

「不准碰他——！」

微微睜開的眼睛看到意想不到的情況——大河怒髮衝冠、眼睛血紅、模樣駭人地以老虎之姿跨在竜兒身上。

「笨蛋笨蛋笨蛋笨蛋！你們這些人全都是笨蛋——！為什麼沒人發現？為什麼沒人幫忙？笨蛋笨蛋笨蛋笨蛋不准靠過來——！滾開！我最討厭你們了！別過來別過來別過來你們這些笨蛋——！」

發飆了。肌肉雖然比不上畏縮在一旁的肌肉黑，但是這個擁有老虎之名的女孩發飆了。

嘎嚕嚕嚕的怒鳴充滿野生動物的氣息，怒吼聲中帶著淚水⋯

「竜兒是我的——————！不准任何人碰他——————！」

靜悄悄～2—C全班同學一片安靜。

盛夏的游泳池變成無聲狀態。

藍色天空射下的陽光好熱好熱⋯⋯

「⋯⋯嗯⋯⋯？咦⋯⋯？」

大河終於注意到自己說出的話代表什麼意思——

再讓我多裝一下吧！竜兒放棄一切思考，緊緊閉著眼，拋開所有意識。

可是竜兒還是辦不到「無意識」，他微微笑了。「好開心」正是他最坦率的心情。

聽到大河剛剛喊的話，感覺好開心！還有⋯⋯對了，其實我一直都很開心——

不管是大河抓住我的手，把我藏在她身後⋯⋯

她說不想讓我去亞美的別墅⋯⋯

她說下雨也要努力練習⋯⋯

大概還有，她看到我和亞美抱在一起而生氣。

雖然一直以來都沒有意識到這一點，事實上卻比任何事都要高興。所以被大河否定時，自己才會那麼生氣，才會和她吵架。而現在，我終於可以微笑了。

妳叫我要表現得更開心一點，對吧？大河，我很開心喔……一直以來，從開始到現在，我都——微笑、微笑、微笑……

「耶？」

「高、高須好像有什麼不良企圖……？」

「大家快逃——！」

＊＊＊

「簡直就是地獄！」

鏗！

「喂、喂……妳還好吧？」

大河突然把頭撞向桌子，只抬起兩隻銳利的眼睛瞪著竜兒，眼裡溢滿了殺氣：

「怎麼可能……會好！」

低沉的聲音伴隨幾分沒出息的語氣……即使是掌中老虎也被最後一次游泳課之後緊接而來的兩個禮拜期末考整慘了。不過，除此之外連綿不絕的精神傷害才是原因。

兩人現在正在一如往常的家庭餐廳，一如往常的禁菸區沙發上。結業式結束已經是中午時分，客人卻不多，或許因為今天是平日吧？

不需在意他人目光的大河，像孩子一樣坐在椅子上舉起雙腳，教訓正前方的竜兒：

「都是你的錯啦！這隻笨狗！都是你的錯讓我遇到這麼多麻煩事！菜單！」

竜兒無法回嘴，只能乖乖遞過菜單。

或許我真的讓大河遭遇不少麻煩事。因為那個發言——也就是世人所謂「竜兒是我的」事件，讓班上的傢伙好像完全認為大河與竜兒是一對。

不論大河怎樣否定、怎樣施暴，都無法顛覆大家的認定，甚至連北村與実乃梨都半開玩笑說——「好漫長的路啊！」、「終於承認了吧！」

「請問要點些什麼呢？嘻嘻，才過中午兩人就這麼熱情啊！」

這個語氣……

「小実！煩死了！不是叫妳別再提了嗎？太過分了！」

「抱歉抱歉！開玩笑的、開玩笑！別哭別哭！」

早一步來到店裡打工的実乃梨身穿淺橘色服務生制服，用托盤輕輕摸著大河的頭，接著

看向竜兒：

「糟糕了……」

「是妳害她哭的吧！」

「是這樣的嗎？哈！」

「哈什麼哈！快去工作啦！」

……就是這樣，兩人的交情演變成能夠談笑自如的境地。

竜兒悄悄看著実乃梨的笑臉，心想，果然很耀眼。他知道自己無法直視她，可是——胸中卻有股雜音，自己已不像從前那樣單純地暗戀実乃梨……不，雖然還是偷偷喜歡……

那股雜音的起因，就是在眼前抽抽搭搭的傢伙、就是心不甘情不願讓実乃梨摸頭的小傢伙。從游泳池那件事以來，竜兒一直都很煩惱。

首先一開始是關於自己——大河那番「竜兒是我的！」發言讓竜兒很開心，開心的那種心情是無法欺騙自己，因為那是真的。可是有個感情上的盲點，就是——我喜歡大河。如果不是喜歡，就不會照顧她。「虎與龍是一組的」也是出自自己的口中……

但是喜歡這種感情，並不只限於男女之間的情感吧？譬如說是友情或者親情之類的，感情的種類不是很多嗎？所以我們的感情也是其中一種！這件事是這件事、大河是大河、喜歡是喜歡，這樣就好。竜兒一個人自顧自的思考，自顧自的下了結論。所以這樣就好——問題

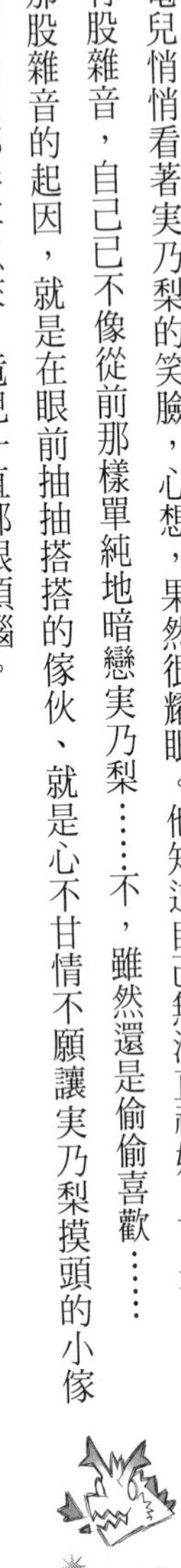

是，大河呢？

究竟大河是以什麼心情喊出「竜兒是我的」？該不會……該不會……竜兒不斷思索，結果開始心神不寧，肚子自動響了起來，更是不停抖腿。

「你啊！我不是叫你不准抖腿嗎？你這隻窮犬！」

其他座位的客人出聲叫喚：「不好意思，我們要點餐！」打工中的実乃梨連忙跑過去。

「你是怎麼回事……」

大河的聲音越來越不爽。

「咦！」

兩人獨處的魔幻空間飄蕩一股微妙的氣氛。

「你剛剛在看我對吧？什麼？怎樣？你有什麼意見？」

「沒、沒有……我沒在看妳啊！」

「你明明就在看我！低級！大白天就盯著我看，一定有什麼難以啟齒的妄想……」

「妳在胡說八道什麼？從哪得來這種結論啊！」

「……」

「不准無視我的存在！」

竜兒的叫聲混雜了自己的動搖。他不禁站起身。這時，兩個熟人正好走入他的視線——

「喲！久等了！」

「高須同學，讓你久等了！啊，順便問候一聲那個小傢伙，也讓妳久等了！」

四人坐在一起，亞美理所當然坐到竜兒旁邊，這樣一來就免不了——

「逢坂怎麼了？怎麼大口大口喝著水呢？那邊不是有飲料吧可以無限暢飲嗎？點那個比較划算吧？」

大河旁邊當然是北村。大河轉過臉去喝玻璃杯裡的水，完全不敢轉過頭來。「喀唧！」杯底的冰塊掉到大河的鼻子上。

「啊——啊——啊——啊——！大河！流出來了！」

「唔……！」

水從下巴滴落，就像孩子一樣。竜兒趕忙從口袋取出隨身包面紙擦拭桌子，仔細將大河手肘可能碰到的地方全部擦拭乾淨——處理完畢！

很好！竜兒認可地點點頭。一旁撒嬌的亞美靠在竜兒的手臂上：

「高須同學，為什麼找我來這裡？啊、該不會是為了別墅的事情？關於那件事，我們改天再約個時間，花上一整天好好來計劃嘛……」

「找妳來的人是我！蠢蛋吉娃娃！」

「什麼？」

大河整個人向右傾，避免碰到左手邊的北村，不過左半邊的臉倒是迅速染上櫻粉色。她開口說道：

「我要說的是，我也要去妳的別墅。那個……比賽我輸了，所以竜兒不是要去嗎？這麼一來沒有人照顧我的日常生活，我會很傷腦筋的！竜兒的媽媽雖然可以自理，但卻沒有餘力照顧我。雖然萬分不願，也不太想去，我還是會忍耐陪你們去！就這麼決定了！」

「什麼？等等！只聽妳說個不停，亞美美都搞混了……什麼？為什麼妳要去？」

——事實上這是北村的要求。他希望大河也一起前往亞美的別墅，大家一起去玩。而要讓亞美答應帶大河去，就必須花點功夫說服她。

北村的說法是：我要去，櫛枝也要去，機會難得，你們也希望我們這群好朋友能夠一起去玩吧——？只是竜兒和大河都不知道他真正的想法。話說回來，這可是大河能夠和北村一起去旅行的好機會呢！大河忍住不安與疑惑，講好條件之後便接受北村的要求——如果亞美乾脆拒絕，就要取消計畫。

北村開心地推推眼鏡，拿出在活頁紙上加徒手繪製的線條、簡單以線綁起來的手工月曆記事本在桌上攤開——

「好！我們來決定時間吧！這個時間有學生會的合宿，這邊是壘球社的合宿，然後這邊是練習賽……」

「祐、祐作?你怎麼擅自就——」

「嘿!櫛枝——!妳現在方便嗎?我們要決定旅行的時間……」

「喔,我看看我看看!這個嘛——我和北村同學一樣這邊是社團,這邊也是社團,這邊都是打工的輪班,所以這時候最好!」

「我沒有什麼特定的事,頂多就是掃掃墓而已,沒什麼特別預定要做的事。大河應該也沒有吧?」

「沒有。我死也不去什麼家族旅行,再說原本也沒打算要去。」

「也就是說,這個星期的——」

「等、等、等、我叫你們等一下!為什麼這麼自動?那可是我家的別墅耶!為什麼是你們擅自做決定?」

亞美一邊大叫,一邊起身搶過北村攤在桌上的月曆記事本。大河抬頭看向滿臉通紅的亞美,用一如往常,沒有抑揚頓挫的聲音小聲地說:

「太小了嗎?」

「哈!怎麼可能太小?我爸媽賺的錢可多了!」

「啊啊……那就是不想讓人看見別墅有多破爛嘍?」

「就說不是了!那裡很寬敞、很漂亮、風景很美,比妳的大樓好上N倍!」

「那就讓我瞧瞧看呀！」

「什……」

「沒問題吧？讓我瞧瞧啊，我想一起去。」

瞬間呆住的亞美張著嘴說不出半句話──

「什麼……你們……」

她一臉不悅地別過臉去……天使亞美不知消失在何方。她粗魯坐回沙發上，拋出手中的月曆記事本。

「沒問題呀……我可是很有信心，妳可別被我家超豪華別墅給嚇到……再說，不管我怎麼不讓妳來，妳還是會想盡辦法跟來的，是吧？」

大河只是輕輕張開嘴唇，吐出「太好了」幾個字。

北村打從心底開心微笑，小聲自言自語：「亞美，看來這個暑假應該會過得很快樂喔！」

亞美不知道是聽到當做沒聽見，還是真的沒聽到，總之她沒有回答。

接著大家又回到決定時間的話題時，亞美邊笑邊說：

「啊……原來是這麼回事呀……」

一般人受挫之後應該不會那麼快振作，可見亞美果然不是普通人──

「逢坂同學，妳該不會是因為和高須同學分開而不安？亞美美說的沒錯吧？妳怕他被亞美美搶走所以才使出這招吧？畢竟妳都說出了——『竜兒是我的』……對吧♡」

唔哇！糟了！竜兒不自覺看向大河。現在大河等於是被迫在地雷上吃了一記「跳躍拋摔」，怎麼可能不出事！

然而——

「也對，我就先跟妳說清楚吧！」

大河抬起來的表情意外平靜。她高抬下巴，端正姿勢——看來她的發言不只是針對亞美，也是針對在場所有人。大河穩重地說：

「那個，該怎麼說，妳說的話……我不得不承認……」

竜兒的反應是：這傢伙怎麼回事？她想說什麼？

「對——我承認！前陣子我看到蠢蛋吉娃娃和竜兒像現在這樣子黏在一起時……真的是會覺得亂生氣的……」

空手走來的実乃梨聽到大河這番告白，托盤幾乎脫手落下。北村只是推推眼鏡。帶頭提問的亞美則是屏息以待。

那幅認真的表情，看樣子大河又要說出驚天動地的事了。

「竜兒是我的……我不是這麼說了嗎？我也不能請大家當成沒這回事，因為我的確是這麼想，那是真的……可是、那個、也就是……」

大河靜靜閉上眼睛，雪白雙手交疊在自己胸前。在場的人全都沉默，竜兒的心臟則快從嘴裡蹦出來。

怎麼了？她打算在這裡把所有的事做個交代嗎？這種事不用特別說也沒關係吧？不是應該要在更普通的場合、兩個人靜靜地——

「哦……」

大河張開眼睛，直直凝視竜兒——竜兒內心的緊張不安升到最高點。美麗的雙眼皮、黑眼珠閃耀光芒的漂亮眼睛……接著，薔薇般的唇，毫不猶豫地說——

「因為這傢伙是我的狗。」

「咦……？」

「因為他是我的狗，所以他要去哪裡和誰做什麼，都與我無關——原本我是這麼想的。然而事實卻非如此——身為他的主人，我還是會覺得，如果自己的狗對隔壁不認識的歐巴桑興奮不已，或是在人家的腰部磨磨蹭蹭，那就糟了！」

竜兒差點從沙發上滑下去。是因為洩氣？還是因為安心？還是……唉、算了！隨便了啦，真的是！

「你幹嘛這個臉？你在期待什麼？」

哼！冷眼看世界的大河毫不客氣地臉朝下盯著竜兒，把人要得團團轉的薔薇色雙唇，帶

著劇毒的笑容。

「哪有什麼臉！我才沒期待……」

竜兒回到沙發，重新振作精神看向月曆記事本。明天開始就是暑假了，把所有無聊的事都忘記，好好玩個痛快！大玩特玩一場！

雖說還是要和這傢伙共度暑假裡的大半時光，不過，這個暑假應該能夠保有自己最愛的寧靜日常生活吧。

竜兒的手肘突然感覺到一股冰冷的觸感。亞美的手指在桌子底下搭上竜兒的手肘。

「幹嘛？」

亞美沒有轉過頭，直視著前方微微一笑。她用其他人聽不到的小小聲音：「真可惜不能和你獨處——不過，還是能找到機會的喔！」那張側臉簡直就像天使一樣穩重清澈，邪惡的內在絲毫不露痕跡。大家都沒發現到竜兒暗暗吃了一驚。

「很好！那就決定是這一天！」

現場一陣啪啪啪啪的掌聲，贊同北村的結論。

——高須竜兒，高中二年級的第一學期，就這麼閉幕了。

後記

最近有個占卜網站因為眾人都說準而蔚為話題，於是我也上網去算了一下。得到的結果是：「妳是異常鈍感的人。一旦遇上喜歡的東西，就會一直只吃那一樣。」太準了……我是竹宮，大家好！

每個遇到我的人都這麼跟我說（再加上連占卜也算到了）：只吃鱈魚子義大利麵可是會中毒的！所以最近在吃鱈魚子義大利麵時，我會刻意加上其他配菜。

——那就是冷凍炸雞塊。我一餐可以吃四個（＝微波爐兩分鐘），不過，因為我喜歡的那種炸雞塊一袋有十七個，所以第四次可以吃五個。

我每次都很期待可以吃五個的那一餐，那天早上也會特別早起來。「啊，今天可以吃到五個喔！」想到這點就會乾脆地起床……蔬菜？沒有蔬菜……

補充說明，我吃義大利麵的量可沒有因為加上配菜就減少喔。因為最近很熱，如果食欲衰退，身體消瘦就會影響到工作了。

身為一個社會人，應該負起管理自己身體狀況的責任，好好吃下兩人份的食物才行。

手裡拿著《TIGER×DRAGON3!》的各位！這次也萬分感謝大家的捧場！是否能讓您看得很愉快呢？

這次與以往有所不同，試著將焦點鎖定在胸部上。對我個人來說，還是有點出乎意料之外的感覺……不過倒也還好……我的戀愛小說砲裡，還有很多臀部之類的彈藥，而且胸部的彈藥也還沒用完，所以我打算在之後的故事裡毫不保留地盡情發射。

希望各位喜歡我的故事，也希望各位繼續支持。還請大家多多指教！

附帶說明一點，各位讀者是不是認為我不會游泳呢？我會游泳喔！說得精確一點，至少不會沉下去。就算我不特別去游，全身放鬆，身體也能自然浮在水面上！更不用說去潛水時，屁股總會浮出水面，變成頭下腳上倒插水裡的狀況。

存在感薄弱的我最近完全迷上任天堂的遊戲「歡迎光臨　動物之森」，現在我每天都是右手叉著義大利麵，左手拿著觸控筆，伸出舌頭將炸雞塊捲進口裡——以上是騙人的……應該可以算是騙人的吧。

我老是在打電動，結果就是比之前更缺乏運動。不過我在遊戲裡可是每天來回奔波在村

子裡抓昆蟲、釣魚、挖掘化石，活動量相當大喔！這樣應該夠吧。

只不過，因為我太認真打電動了，使得我原本就有的老毛病——肩膀僵硬與腰痛更加惡化。我經常去拜訪的按摩師告訴我：「已經惡化成五十肩了（還有持續變胖中）。」怪不得我想說手怎麼舉不起來。不論怎麼按摩舒展、怎麼按摩舒展，肩膀仍舊再度回到最糟的局面。我總是笑著說：「果然電動打太多了。」按摩師也因為我的這句話而感到徒勞無功——這個場面到底發生過多少次，連我自己都記不清了。

如此沉迷於遊戲之中的我，卻怎樣也無法與村裡的動物交心……「嘿～ゆゆこ～人家想要○○啦～」村裡動物突如其來的要求總是讓我沒辦法拒絕，只好拚命幫對方找。好不容易弄到手交給對方，在對方以撒嬌的可愛笑容對我說：「哇啊～謝謝！不愧是ゆゆこ～！」之後，卻在隔天就丟進垃圾桶裡，讓我有點受傷……而且，明明是對方自己把東西丟掉，隔天卻又對我說：「嘿～ゆゆこ～人家想要○○（同樣的東西）啦～」這是怎麼一回事啊——！

……玩到有點空虛，於是開始改玩其他遊戲，也就是現在的話題遊戲——腦力訓練。一開始要先調查頭腦的年齡，所以要接受出聲回答問題的測驗。各位大概會覺得是這樣吧——「結果八成是腦年齡太老，造成心情低落吧？」——錯！

不知是因為我的聲音太細還是什麼，機器根本無法判定。

也對……最近我很少和現實世界的真人說話……好像忘了該怎麼說話……

就、就別計較那麼多了！一起在村子裡抓昆蟲吧——在這個世界裡，即使五十肩仍然能夠揮動捕蟲網喔……

——就是這樣，謝謝各位閱讀到最後！由衷感謝！下回《TIGER×DRAGON4!》再見了，希望各位也能夠繼續支持！在此還要謝謝寄信告訴我感想的各位！我和編輯部的責任編輯已經仔細將每封信都看完了。雖然多到有點看不完。

也很感謝在《電撃コミックガオ！》連載《我們倆的田村同學》的倉藤倖老師的插畫與意見，以後也請多多指教！

最後是ヤス老師和責任編輯，這次也麻煩兩位了。今後我們還是繼續努力，盡情地用戀愛小說砲發射胸部的彈藥吧！

竹宮ゆゆこ

祝！
《TIGER×DRAGON3！》發售
恭喜恭喜

■初次見面，我是倉藤倖。
這次為了紀念《TIGER×DRAGON3！》的發行，讓
我有機會畫這些插畫。真是非常感謝。
■我現在正在《電撃コミックガオ！》上連載竹宮
老師＆ヤス老師兩人組的另一部作品《我們倆的田
村同學》。如果各位有興趣也希望能夠不吝賜教。
再一次品味田村同學的酸甜戀愛滋味！
還有，**我支持妳！掌中老虎!!**

面是倉藤老師畫的很棒的插畫喔！
澤十相馬十大河的超豪華組合！看到之後有點感動！（淚
畫版的《我們倆的田村同學》正在《電擊コミックガオ！》上連載，
請各位多多指教──

…接下來是ヤス充滿遺憾的後記（笑

久不見。各位好，我是ヤス。負責《TIGER×DRAGON!》的插畫。
於邁入第三集了。因為田村同學只到第二集，所以就某種意義來說，有進入新境界的興奮與期待。
不容易才不再懷疑自己是不是被騙了，終於能夠看清楚現實，努力活下去。

是，最近天氣酷熱，每天的氣溫都和體溫一起持續升高，
已經變成離不開冷氣房的軟弱人類。
說回來，前陣子我買下了任○堂某攜帶型遊戲主機，
然玩起和森林裡的動物一起嬉戲的悠哉遊戲。
民挖洞卻卡在洞裡動彈不得、掉進陷阱裡、砍伐森林樹木等等，超好玩的──
因為這樣，我的「ヤスケン村」的居民們老是在搬家，成為一個被詛咒的村莊。還真是厲害！
個遊戲……還真是……
楚反應人性……

給照顧我的各位

■竹宮ゆゆこ老師
謝謝妳總是讓我讀到有趣的故事。
如果我的插畫能夠幫上一點忙，真是我的榮幸，我會加油的。

■責任編輯
這回又在最後的最後出現很不得了的狀況，真是對不起。真的真的對不起。
如果沒有責任編輯明確的指示，我想狀況一定會變得更糟糕（雖說現狀已經夠糟了……
真的由衷感謝，我會加油的。

■助我良多的石先生，以及大山老師
感謝兩位每次都幫我忙！一起加油吧！（自己才該加油

■買下這本書的各位，還有參觀網頁的各位
謝謝各位的支持！雖然畫的還不夠好，但我會繼續加油的！

最後，希望能夠平安無事地在第四集與各位再見。
謝謝大家——

ヤス

Kadokawa Fantastic Novels

艾莉森Ⅰ

作者／時雨沢惠一　插畫／黑星紅白

ISBN978-986-766-477-9

淘氣女飛官艾莉森與乖乖牌優等生維爾，為了尋找吹牛老爺爺所說之「可以結束洛克榭和斯貝伊爾兩國之間戰爭的寶物」，踏上了一段不可思議的飛翔冒險之旅。

艾莉森Ⅱ

作者／時雨沢惠一　插畫／黑星紅白

ISBN978-986-718-968-X

艾莉森與維爾為了冬季研修而一起旅行，他們來到某個村莊，那兒的村民們起初表現得十分親切，哪知喝了他們的奉茶後竟然昏倒而被綁架。其實這個村子是……？

艾莉森Ⅲ〈上〉車窗外的路妥尼河

作者／時雨沢惠一　插畫／黑星紅白

ISBN978-986-742-708-4

維爾和艾莉森接受班奈迪所贈送之橫越大陸、連接兩國的鐵路首航之旅，心中雖不解，但仍十分享受這趟豪華旅程。沒想到車上的服務員竟接連遭到殺害……！

艾莉森Ⅲ〈下〉名爲陰謀的列車（完）

作者／時雨沢惠一　插畫／黑星紅白

ISBN978-986-174-024-4

在不知犯人是誰的情況下，維爾和艾莉森只好跟著班奈迪與史托克少校一起回去，而後又發生了更多事件……！喧騰一時的〈上〉集所留下的伏筆，究竟是什麼？

莉莉亞&特雷茲Ⅰ　於是兩人踏上旅途〈上〉

作者／時雨沢惠一　插畫／黑星紅白

ISBN978-986-174-097-1

15歲的莉莉亞，在暑假的某日與同年玩伴特雷茲結伴旅行，卻在旅途中遭遇不少波折……《奇諾の旅》時雨沢惠一＆黑星紅白聯手獻上的新系列冒險故事！

莉莉亞&特雷茲Ⅱ　於是兩人踏上旅途〈下〉

作者／時雨沢惠一　插畫／黑星紅白

ISBN978-986-174-118-6

特雷茲與莉莉亞一起踏上旅途。兩人一時興起在當地參加水上觀光飛行，怎知卻莫名其妙地被數架飛機追殺，並不知不覺捲入了一場陰謀——！

莉莉亞&特雷茲Ⅲ　伊庫司托法最長的一日〈上〉

作者／時雨沢惠一　插畫／黑星紅白

ISBN978-986-174-200-X

莉莉亞與艾莉森受特雷茲之邀前往伊庫司托法過年。為了讓小倆口單獨相處，艾莉森刻意獨自上街。特雷茲原想藉機說出自己的真實身分，沒想到跨年夜瞬間變色！

Kadokawa Fantastic Novels

莉莉亞&特雷茲Ⅳ 伊庫司托法最長的一日〈下〉

作者／時雨沢惠一　插畫／黑星紅白

ISBN978-986-174-2301-1

伊庫司的女王和她的夫婿竟然被綁架了!? 剛歡度新年的莉莉亞與特雷茲為了救出女王而潛入王宮，但沒想到陰謀的背後竟然隱藏一個媲美歷史性大發現的秘密！

涼宮春日的憂鬱

作者／谷川　流　插畫／いとうのいぢ

ISBN978-986-7427-88-2

第八屆「Sneaker」大賞受賞作。校內第一怪人涼宮春日，組了個「為了讓世界變得更熱鬧的SOS團」，而外星人、未來人與超能力者皆應涼宮的願望出現了？

涼宮春日的嘆息

作者／谷川　流　插畫／いとうのいぢ

ISBN978-986-7299-20-5

率領SOS團的涼宮春日，這次把歪腦筋動到校慶去了！只要她隨口一句，那些外星人、未來人、超能力者就會吃盡苦頭——暴走度NO.1的校園故事再次展開！

涼宮春日的煩悶

作者／谷川　流　插畫／いとうのいぢ

ISBN978-986-7299-53-1

一無聊就會發動異常能量的涼宮春日，這次又突發奇想，號召SOS團參加棒球大賽、舉辦七夕許願活動、前往孤島合宿……瘋狂SF校園喜劇第三彈！

涼宮春日的消失

作者／谷川　流　插畫／いとうのいぢ

ISBN978-986-7189-18-3

聖誕節即將來臨的某一天早上，突然變得不太尋常。教室一如往昔，座位也沒有改變，可是涼宮卻不在我後面的座位上……光怪陸離、超脫現實的校園系列第四集！

涼宮春日的暴走

作者／谷川　流　插畫／いとうのいぢ

ISBN978-986-7189-80-9

當學生的總希望快樂的暑假永遠不要結束。可是當這樣的願望成真時，竟變成一個永無止境的大災難!?「五」入歧途的阿虛苦難系列安可上演！

涼宮春日的動搖

作者／谷川　流　插畫／いとうのいぢ

ISBN978-986-174-048-1

一向唯我獨尊的涼宮春日，在校慶當天竟然日行一善當起救火隊來……更意外的是，居然有人向長門告白……日本熱賣三百萬部之涼宮系列，第六彈動感上市！

Kadokawa Fantastic Novels

涼宮春日的陰謀

作者／谷川 流　插畫／いとうのいぢ

ISBN978-986-174-160-7

從8天後過來的朝比奈學姊突然出現在我面前。而且，指派一無所知的她過來這個時間點的人，竟然是我。未來的我到底有什麼陰謀？劇力萬均的第七彈登場！

涼宮春日的憤慨

作者／谷川 流　插畫／いとうのいぢ

ISBN978-986-174-264-9

新任學生會長下令文藝社即日起休社，此舉擺明就是衝著SOS團而來，也侵犯到長門的權益與領域。不服輸的春日旋即展開文藝教室保衛戰……第8彈登場！

今天開始魔の自由業！

作者／喬林 知　插畫／松本手毬

ISBN978-986-7427-59-9

平凡的高中生澀谷有利，被馬桶的急促水流帶到了充滿歐洲風格的異世界！還莫名其妙成為真魔國的魔王？讓你笑破肚皮的刺激奇幻冒險小說，堂堂登場囉！

這次是魔の最終兵器！

作者／喬林 知　插畫／松本手毬

ISBN978-986-7427-87-4

一不小心就當上魔王的有利，為了尋找魔王的最終兵器——魔劍，踏上了尋劍之旅，卻遇到了不少窘境！絕對讓你捧腹大笑的奇幻冒險小說，再度登場！

今夜是魔の大逃亡！

作者／喬林 知　插畫／松本手毬

ISBN978-986-7299-21-3

有利陰錯陽差又回到了真魔國，這次的任務是尋找能夠呼風喚雨的魔笛！不料，竟跟古恩達被誤會成情侶讓你捧腹大笑、High到最高點的奇幻冒險小說第三集！

明天將吹起魔の大風暴！

作者／喬林 知　插畫／松本手毬

ISBN978-986-7299-72-8

一名自稱是「魔王之胤嗣」的少女出現，破壞了有利在真魔國的平靜生活。對了，什麼是胤嗣啊？咦，私生子？我的!?傳說中高潮迭起的奇幻冒險故事第四集！

閣下與魔の愛的日記!?

作者／喬林 知　插畫／松本手毬

ISBN978-986-7299-97-3

雲特閣下妄想失控所寫出來的《陛下狂愛日記》，經眾人口耳相傳大受好評，竟然有真魔國的出版社要幫他出書！令人捧腹大笑的高潮幻想作品，豁出去的特別篇！

Kadokawa Fantastic Novels

這次必是魔の旭日東昇！

作者／喬林　知　插畫／松本手毬

ISBN978-986-7189-48-5

盛夏在海邊打工期間，有利再度漂流到了真魔國。但這次前來迎接的肯拉德等人態度有點不對勁，而後有利竟然還被轉送到敵國的市中心！令人驚愕的新發展！

來日將是魔の日落黃昏！

作者／喬林　知　插畫／松本手毬

ISBN978-986-7189-81-7

陷入危機的有利與村田，橫越與魔族為敵的國家西馬隆！雲特的靈魂成了阿菊娃娃跟雪兔、長男被艾妮西娜搞得暈頭轉向、三男為愛萬里尋夫！波濤洶湧的發展！

滿天飛舞魔の雪花片片！

作者／喬林　知　插畫／松本手毬

ISBN978-986-174-035-X

為了取回傳說中打開就會帶來災厄的禁忌盒子「風止」，有利參加四年一度的「天下第一武鬥會」。一路上陪伴著我的村田健，其真實身分竟然就是……!?

遍地散落魔の星光點點！

作者／喬林　知　插畫／松本手毬

ISBN978-986-174-063-5

順利通過筆試及駕車競速，有利終於得以參加「天下第一武鬥會」決賽。不過，最後的決戰對手竟然是──肯拉德！超精采的緊張刺激奇幻故事！

俏千金的魔の尋寶記！

作者／喬林　知　插畫／松本手毬

ISBN978-986-174-176-3

既是富家千金、又是神秘「寶藏獵人」的艾普莉．葛雷弗斯，接到了一個跟死去的祖母守護的禁忌盒子「鏡之水底」有所關連的委託工作……

目標乃是魔の海角天涯！

作者／喬林　知　插畫／松本手毬

ISBN978-986-174-102-X

回到地球的有利又從學校游泳池流回了真魔國啦！但才剛抵達，長年處於鎖國狀態的聖砂國就有所行動……超人氣系列作品，眾所期待的新章堂堂登場！

此乃邁向魔の第一步！

作者／喬林　知　插畫／松本手毬

ISBN978-986-174-102-X

高中生魔王澀谷有利跟負責護衛的約札克、小西馬隆王薩拉列基，以及大西馬隆的使者肯拉德，前往神族居住的聖砂國這趟船旅。但是這時候卻出了意外……！

Kadokawa Fantastic Novels

終將成爲魔の一首歌！

作者／喬林 知　插畫／松本手毬

ISBN978-986-174-282-3

歷經千辛萬苦的有利一行人終於抵達聖砂國！不過小西馬隆王薩拉列基似乎有什麼秘密瞞著大家……憂心弟弟安危的澀谷勝利來到機場，竟然巧遇一尾錦鯉!?

愛子踏上魔の自由業!?

作者／喬林 知　插畫／松本手毬

ISBN978-986-174-331-8

《魔の》系列外傳第三彈!!澀谷家不為人知的X檔案大公開！澀谷家最強之人究竟是誰？嬰兒有利的大冒險？隱藏在天才外表之下的勝利真面目？您非看不可！

伊里野的天空、UFO的夏天1

作者／秋山瑞人　插畫／駒都えーじ

ISBN978-986-7299-99-X

園原中學二年級的淺羽直之，在學校的游泳池畔，邂逅了一個手腕上埋有金屬球體，名叫「伊里野加奈」的少女。而他們兩人之間的奇妙因緣也從此開始……

伊里野的天空、UFO的夏天2

作者／秋山瑞人　插畫／駒都えーじ

ISBN978-986-7189-85-X

淺羽直之與伊里野加奈初次約會，但跟蹤他們的有一個、兩個、三個人…結果當然不是平安結束，還發生了「很不平安」的事件…本集收錄3個單元＋特別番外篇。

伊里野的天空、UFO的夏天3

作者／秋山瑞人　插畫／駒都えーじ

ISBN 978-986-174-065-1

將淺羽捲入的三角關係仍在進行中，伊里野與晶穗的正面對決終於來臨！最後決戰地點就是「鐵人屋」…！收錄大受好評的四篇作品集結而成的小說故事第三彈！

伊里野的天空、UFO的夏天4（完）

作者／秋山瑞人　插畫／駒都えーじ

ISBN978-986-174-157-7

淺羽和伊里野逃了出來。等候在他們前方的是小小的幸福，以及足以將這份幸福壓垮的各種困難。疲憊的淺羽帶著逐漸崩潰的伊里野，最後抵達的地點是……

我們倆的田村同學1

作者／竹宮ゆゆこ　插畫／ヤス

ISBN978-986-174-179-6

在「國中最後的夏天」裡，一定要談一場轟轟烈烈的戀愛！電波美少女松澤小卷，和冰山美人相馬廣香——平凡的田村同學，要如何在這場愛情喜劇做出抉擇呢？

Kadokawa Fantastic Novels

我們倆的田村同學2

作者／竹宮ゆゆこ　插畫／ヤス

ISBN978-986-174-231-1

平凡的田村同學和看來高傲的冰山美人·相馬廣香發生初吻的同一日，竟然收到久無音信的電波美少女·松澤寄來之明信片！三人糾纏不清的戀情將何去何從!?

TIGER×DRAGON!

作者／竹宮ゆゆこ　插畫／ヤス

ISBN978-986-174-204-2

眼神凶惡的高須竜兒，遇上凶暴殘忍的「掌中老虎」逢坂大河，還知道了她不欲為人知的秘密。就在某天放學的事件結束之後，高須竟然成了對逢坂唯命是從的狗!?

TIGER×DRAGON2!

作者／竹宮ゆゆこ　插畫／ヤス

ISBN978-986-174-284-7

意外的轉學生現身！她就是北村的青梅竹馬——川嶋亞美。同時也是時裝模特兒的亞美，不知為何竟然急速接近竜兒？卷末收錄番外篇「幸福的掌中老虎傳說」。

TIGER×DRAGON3!

作者／竹宮ゆゆこ　插畫／ヤス

ISBN978-986-174-333-2

「掌中老虎」逢坂大河與「做作吉娃娃」川嶋亞美正面交鋒！而一決勝負的方式竟然是游泳!?但大河卻是連憋氣都不會的旱鴨子……竜兒又該如何是好呢？

七姬物語 第一章

作者／高野 和　插畫／尾谷おさむ

ISBN978-986-174-258-1

七姬空澄是賀川城所推舉出來的公主殿下。就在她微服出巡的時候，賀川城突然遭到四姬琥珀姬的大軍攻擊。落難的空澄姬此時終於體會「七姬」的真意……

GOSICK 1

作者／櫻庭一樹　插畫／武田日向

ISBN978-986-174-267-0

來自東方的留學生久城一彌與老是待在學校圖書館的貴族天才維多利加，在陰錯陽差之下搭上幽靈船〈QueenBerry號〉。他們是否能運用智慧解開「混沌」呢？

糖果子彈 A Lollypop or A Bullet

作者／櫻庭一樹　插畫／むー

ISBN978-978-174-162-3

只想趕快畢業、步入社會的山田渚，和自認為是人魚的轉學生海野藻屑，在真實與謊言、現實與幻想交織的青春片段。《GOSICK》作者櫻庭一樹的新感覺小說！

國家圖書館出版品預行編目資料

TIGER×DRAGON! / 竹宮ゆゆこ作 ; 黃薇嬪譯.
. --初版. - 臺北市 :臺灣國際角川,2007-[民96-]
冊； 公分.- (Kadokawa fantastic novels)
譯自：とらドラ!

ISBN 978-986-174-284-7(第2冊 : 平裝). --
ISBN 978-986-174-333-2(第3冊 : 平裝)

861.57 96001232

Kadokawa
Fantastic
Novels

TIGER×DRAGON 3！

（原著名：とらドラ3！）

2007年5月2日　初版第1刷發行
2022年5月30日　初版第10刷發行

作　者：竹宮ゆゆこ
插　畫：ヤス
日版設計：荻窪裕司
譯　者：黃薇嬪

發 行 人：岩崎剛人
總 編 輯：蔡佩芬
副總編輯：朱哲成
設計指導：陳晞叡
印　務：李明修（主任）、張加恩（主任）、張凱棋

發 行 所：台灣角川股份有限公司
地　址：104台北市中山區松江路223號3樓
電　話：（02）2515-3000
傳　真：（02）2515-0033
網　址：www.kadokawa.com.tw
劃撥帳戶：台灣角川股份有限公司
劃撥帳號：19487412
法律顧問：有澤法律事務所
製　版：尚騰印刷事業有限公司
ＩＳＢＮ：978-986-174-332-2